GLI AMORI PASTORALI DI DAFNI E CLOE

Longo Sofista

© 2023 Culturea Editions

Texte et illustration de couverture : © domaine public
Edition : Culturea (Hérault, 34)
Contact : infos@culturea.fr
Retrouvez notre catalogue sur http://culturea.fr
Imprimé en Allemagne par Books on Demand
Design typographique : Derek Murphy
Layout : Reedsy (https://reedsy.com/)

Dépôt légal : janvier 2023
Tous droits réservés pour tous pays

ISBN : 9791041842131

PROEMIO

Nell'isola di Lesbo cacciando, e per lo bosco delle ninfe attraversando, mi si scoperse nel mezzo di esso uno a lor sacro, solitario e venerando tempietto: e già dalla caccia affannato, per alquanto riposarmi e per le dèe visitare entrandovi, mi s'offerse nella prima giunta una vista bellissima, sopra quante ne vedessi giammai. Vidi attaccata alla parete d'incontro una tavola dipinta: la sua dipintura rappresentava una istoria d'amore. Era il bosco ancor esso bellissimo, ombroso, erboso, fiorito e d'acque d'ogn'intorno rigato, e tutti insieme l'erbe, gli alberi e i fiori erano per molti rivi da una fontana sola nutriti. Ma sopra modo piacevolissima si mostrava l'istoria della pittura, copiosa, artificiosa ed amorosa tanto, che molti forestieri, per fama, d'ogni banda vi concorrevano, mossi e dalla devozione delle ninfe e dalla vaghezza della pittura. Il componimento dell'istoria erano donne che partorivano, altre che i lor parti adornavano, e certe che in deserto li gittavano. D'intornovi, pastura d'armenti, occisioni di pastori, giuochi d'innamorati, correrie di predatori, assalti di guerrieri, ed altre cose assai, tutte amorose.

Le quali io veggendo e meravigliandomi, di meraviglia caduto in diletto, poscia in desio di farne ritratto, procurai di farlami esporre, e secondo che esposta mi fu, mi sono affaticato di scriverne quattro ragionamenti, li quali consacro per dono ad Amore, alle ninfe ed a Pane, per piacere e giovamento a tutti che leggeranno, per rimedio agl'infermi, per conforto agli afflitti, per rimembranza a quelli che hanno amato e per ammaestramento a quelli che ameranno: percioché nessuno fu mai che non amasse e nessuno sarà che non ami finché il mondo avrà bellezza e che gli occhi vedranno. A noi doni Dio grazia di viver casti e di scriver gli amori altrui.

RAGIONAMENTO PRIMO

Grande e bella città di Lesbo è Metellino: il suo sito è in su la marina, posta infra canali di mare e strisce di terra. Nella terra son d'ambe le sponde edifici bellissimi, e per mezzo strade popolatissime. A' pie' degli edifici corrono i canali, e sopra ciascun canale, dall'una striscia di terra all'altra, sono ponti di finissimo marmo e d'artificiosa scultura; laonde, a vederla, ti parrebbe piú tosto un'isola che una città. Fuora di Metellino, poco piú di due miglia lontano, era la villa d'un ricchissimo gentiluomo, bellissima e grandissima possessione, con montagnuole piene di fiori, con pianure di grani, poggetti di vigne, pascioni di bestiame, d'ogni cosa commoda, abbondante e dilettevole assai, e posta lungo la riva del mare, talmente che l'onde la battevano e leggermente di rena l'aspergevano: stanza veramente del riposo e del recreamento dell'animo.

Per questa villa pascendo un capraro, il cui nome era Lamone, trovò in questa guisa un picciol bambino, e con esso una capra che lo nutriva. Era in una boscaglia, presso a dove egli pasceva, una folta macchia di pruni, d'ellera e di vilucchi, in modo da ogni banda avvinchiata e tessuta che d'una deserta capanna teneva somiglianza. Questa casa avea la fortuna provvista all'esposto bambino, e la sua cuna era ivi dentro un cespuglio di tenera e fresca erbetta.

Usava di venire a questo luogo una delle sue capre, la piú cara che avesse, e, piú volte il giorno entrandovi, per buona pezza senza esser vista vi dimorava, e poco del suo figliuol curandosi, lattando l'altrui e intorno badandogli, la piú parte del tempo vi stava. Lamone, fatto compassionevole dell'abbandonato capretto, si diede a por mente alle gite di questa bestiuola, ed una volta tra molte, in sul mezzogiorno appunto, quando tutto il branco meriggiando si stava, veggendola dall'altre sbrancare e per l'orme seguendola, vide prima che, dietro a certe ginestre mettendosi, poi di cespo in cespo aggirandosi e spesso rivolgendosi, se ne giva leggermente saltellando, e come scegliendo sentiero da non vi lasciar pedata, donde potesse dal suo pastore essere ormata. Né mai d'occhio perdendola, per il medesimo foro guardando per onde immacchiata s'era, la vide che, subito recatasi sopra il bambino, gli porse da poppar tanto che sazio lo vedesse: poscia, a guisa d'innamorata madre, ora belandogli intorno ed ora leccandolo, parea che teneramente lo vagheggiasse. E meravigliandosi, come dovea, si trasse dentro la macchia, e, trovandolo maschio, fresco, colorito e bello, gli parve tra quelle erbe un fiore, e di gran legnaggio tenne che fosse, veggendolo involto in arnesi piú orrevoli che alla fortuna d'un che in abbandono fosse gittato non si convenia; perciochè egli aveva indosso una vesticciuola di scarlatto, al collo una collana d'oro ed a canto un pugnaletto guarnito d'avorio. Pensò Lamone in prima di tor solamente gli arnesi e lasciare il bambino; poscia, vergognandosi che una capra lo vincesse d'umanità, aspettando la notte, condusse ogni cosa a Mirtale, sua moglie: gli arnesi, il bambino e la capra stessa.

Restò Mirtale tutta stupefatta, e, domandandogli se le capre partorivano bambini, egli le raccontò tutto il fatto: come esposto l'avesse trovato, come nutrito l'avesse veduto e come si vergognasse a lasciarlo che morisse. Poi, di comun parere ordinato di celare i contrassegni e di tenere il bambino per lor figliuolo, fecero vezzi alla capra; e perché il nome del putto paresse pastorale, sempre da indi innanzi per Dafni lo chiamarono.

Di poi due anni che questo fu, nel contorno medesimo un pecoraro, Driante nomato, s'abbatté per avventura ancor egli a vedere e trovare una cosa simile. Era dentro al suo pascolo una grotta consacrata alle ninfe, cavata d'un gran masso di pietra viva, che di fuora era tonda e dentro concava: stavano intorno a questa grotta le statue delle ninfe medesime, nella medesima pietra scolpite; avevano i piedi scalzi insino a' ginocchi, le braccia ignude insino agli omeri, le chiome sparse per il collo, le vesti succinte ne' fianchi, tutti i lor gesti atteggiati di grazia e gli occhi d'allegria, e tutte insieme facevano componimento di una danza. Il giro dentro della grotta veniva appunto a rispondere nel mezzo del masso. Usciva dall'un canto del sasso medesimo una gran polla d'acqua che, per certe rotture cadendo e mormorando, rendeva suono, al cui numero sembrava che battendo s'accommodasse l'attitudine di ciascuna ninfa; e, giunta a terra, si riducea in un corrente ruscello che, passando per mezzo d'un pratello amenissimo, posto innanzi alla bocca della grotta, lo teneva col suo nutrimento sempre erboso, e per lo piú tempo fiorito: d'intornovi pendevano secchi, ciotole, pifari, cornamuse, sampogne e molti altri doni d'antichi pastori. A questa grotta usando di tornar sovente una pecora di Driante, che novellamente aveva figliato, gli diede molte volte sospetto d'averla perduta; e cercando col castigo di ridurla a pascer con l'altre, come soleva, prese un vinciglio verde, e fattone ritortola, a guisa di un laccio, venne al sasso con esso per accappiarla. Dove giunto, vide cosa che non sperava; perciochè trovò la semplice pecorella che molto umanamente faceva officio di balia, tenendo fra' gambe una bambina, sutavi piú giorni avanti gittata, e accoccolatasi sopra, le si porgea con le poppe in una agevole e quasi donnesca attitudine, quando l'un capezzolo di esse e quando l'altro offerendole; ed ella, senza mai guaire, or questo or quello succiando, ingordamente le s'avventava.

Era in viso tutta festosa e polita; percioché la buona balia, poiché satolla l'aveva, tutta leccandola la forbiva. Avea d'intorno per involgimenti e contrassegni un frontaletto tessuto d'oro, certi calzaretti indorati ed un paio di brachine d'imbroccato.

Tenne Driante per fermo d'aver trovato cosa divina; ed imparando dalla pecora amorevolezza e compassione, recatalasi in braccio e riposti i contrassegni nel zaino, si volse a pregare le ninfe che gli concedessero grazia di notrirla in buona ventura. E quando fu l'ora di ricondur la greggia alla mandra, tosto che fu giunto alle stanze, chiamata la moglie, le disse ciò ch'egli aveva veduto, mostrolle ciò che aveva trovato, presentolle la bambina e comandolle che, senza altro dire, per sua propria l'allevasse. La buona Nape (ché cosí si chiamava la moglie del pastore), veduta che l'ebbe, le divenne subito madre; e per compiacere al marito e per non parere manco amorevole che si fosse una pecora, l'amava e vezzeggiava da figliuola: e perché l'avesse anch'ella nome pastorale, volle che si chiamasse la Cloe.

Ambedue questi bambini, subitamente crescendo, vennero in una piú che villanesca bellezza. E sendo già Dafni di quindici anni e la Cloe di due manco, Driante e Lamone, lor balii, in una medesima notte videro in sogno una tal visione. E' parve loro che le ninfe della grotta donde usciva la fontana e dove fu la Cloe trovata, presentassero questi due garzonetti ad un fanciullo bellissimo e superbo, con l'ali in su gli omeri, con un archetto in mano ed un turcassetto al fianco, e che egli, con uno de' suoi strali toccati ambedue, comandasse loro che da indi innanzi, l'uno di capre e l'altra di pecore pastori si facessero. Questo sogno afflisse molto Lamone e Driante, dovendoli far pastori; dove pensavano, per lo contrassegno degli arnesi, che, come di gran legnaggio li tenevano, cosí di piú alta fortuna fossero degni: in sulla qual speranza gli avevano sempre ben notriti, bene accostumati, ammaestrati ed esercitati in tutte quelle buone parti che può dare una civil contadinanza. Tuttavolta, parendo loro di dover obbedire in questo agli dèi, poiché per provvidenza di quelli erano scampati, comunicando il sogno tra loro, e nella grotta delle ninfe sacrificando all'alato fanciullo, il cui nome non sapevano, li mandarono con li lor greggi alla pastura, avendo lor prima mostro quanto avessero a fare, come pascere avanti mezzogiorno, come dopo, quando menare a bere, a dormire, quando bisognasse usar la mazza, e dove bastasse solamente il fischio e la voce.

Presero i fanciulli il grado con grandissima allegrezza, come se fossero stati investiti di un gran principato, e presero affezione ciascuno alle sue bestiuole, piú che non è solito de' pastori; perciochè l'una teneva d'aver la vita per le pecore, e l'altro si ricordava di non esser morto per beneficio di una capra. Era nel principio di primavera, allorché i boschi, i monti, i prati sono tutti fronzuti, erbosi e fioriti, e quando pe' prati ronzan le pecchie, pe' boschi cantan gli uccelli, pe' monti scherzan gli agnelli; e per la dolcezza della stagione indolciti parimente i due pastorelli in sí fresca età, in sí gioiosa stagione tutti festosi, ciò che sentivano e che vedevano, tutto contraffacevano: udendo cantar gli uccelli, cantavano; vedendo ruzzar gli agnelli, ruzzavano; e per far come le pecchie, ancor essi coglievano fiori; e di quelli, altri si mettevano in seno, d'altri intrecciando quando un festoncino e quando una ghirlandetta, or le ninfe ne ornavano, ed or le stesse fronti ne incoronavano. Faceano ogni cosa a comune, pasceano sempre insieme; e quando qualche randagia pecora si sbrancava, Dafni la rimetteva; quando qualche dissoluta capra danneggiava o da qualche pericoloso greppo pendeva, Cloe la garriva; e spesse fiate, mentre l'uno d'essi per qualche suo diletto si dipartiva, l'altro alla guardia d'ambedue le greggi restava; ed erano i loro diletti tutti pastorali e fanciulleschi. La Cloe se ne andava ora in qualche stoppiaro a lavorar gabbie da grilli o tesser frontali di paglia, ora in un giuncheto o in un vetriciaio a far cestole, sportole, fiscelle, paneruzzoli, a cor delle fragole, degli sparagi, degli spruneggi e talora a cercar delle chiocciole. Dafni se ne calava or in qualche canniccio a scer calami per sampogne, or saliva al bosco per tagliare un arco, or si metteva sopra certi pelaghetti a saettar folaghe; giva talora procacciando delle frutte, tendendo lacciuoli, appostando nidiate d'uccelli. Ed in cosí fatte cose occupati, l'uno all'altro le greggi si accomandavano, e tornando si pigliavano piacere di mostrarsi i lavori che facevano, di presentarsi di quel che portavano, e cosí lietamente vivendo mettevano a comune il latte, il vino e tutta la vettovaglia che si recavano la mattina dalle stanze, e scambievolmente portavano quando uno la tasca e quando l'altro la fiasca; e piú tosto potevasi spartire l'una greggia dall'altra, che Dafni e la Cloe non fossero sempre insieme.

Mentre in questa vita ed in cotali piaceri dimoravano, parve ad Amore di farsi lor contro, e l'occasione fu tale. Era in quel contorno il covo di una lupa, la quale, allevando di molti lupacchini, aveva bisogno di far carne assai; per che, danneggiando tutto il paese, rapiva ogni giorno qualche bestia degli altri poco avveduti pastori. Laonde, convenuti una notte molti di loro insieme, cavarono in piú luoghi alcune buche, larghe d'un cubito ed alte di quattro, e spargendo il cavaticcio di lontano, attraversarono la bocca d'esse di cannucce, di fuscelli e di sermenti secchi, e stendendovi sopra leggermente una mano di pagliccio, ed un suolo di quella terra cavata, che vi rimaneva, stavano in modo bilicate che, passandovi sopra pur una lepre, si fiaccavano, mostrando che non erano terra, come parevano. Di questa sorte buche fecero assai e ne' monti e ne' piani: tuttavolta non venne lor fatto d'acchiapparvi la lupa, percioché la maliziosa s'avvide che 'l terreno era posticcio; ma le furon ben cagione di disertar molte pecore e molte capre, e poco men che le non furono la rovina di Dafni in questa guisa.

Due becchi, ambedue bizzarri, per amor questionando, prima alle cornate e di poi agli urti venendo, nell'ultimo cozzo sí tempestosamente si scontraro, che all'uno di essi un corno si svelse. Per che, dolendosi e sbuffando, in fuga messosi, e 'l vincitore incalzandolo senza mai dargli posa, Dafni, della scornatura dell'uno crucciato e della tracotanza dell'altro mal sofferente, con un pezzo di querciuolo in mano il persecutore iniquitosamente perseguitando, e quello fuggendo, ed esso aggiungendolo, l'uno per la paura, l'altro per la stizza non veggendo dove i piedi ponessero, sopra una delle cieche fosse giugnendo, ambedue dentro vi caddero, il becco innanzi e Dafni dietrogli. Di che certo o morto o storpiato restato sarebbe, se non che, addosso barcollandogli, gli vanne a cadere sopra a cavalcione; e caduto si stava piangendo ed aspettando se qualcuno per avventura vi capitasse, che quindi lo traesse. Ma la Cloe, tosto che cader lo vide, corse alla buca, e, vivo trovandolo, chiamò per soccorso un bifolco che arava in un campo vicino: il quale venuto, e cercando di corda per calargliele, e non vi si trovando, la Cloe, scioltosi di capo il nastro dell'acconciatura e quello porgendogli, ne fecero prima legare le corna del becco; poscia ambedue all'orlo medesimo facendosi cavalletta, egli prima ne uscí fuora, e di poi tutti e tre ne tirarono il becco, al quale mancava l'un corno e l'altro, per lo castigo avuto dell'altro becco vinto da lui. E questo disegnando poco dopo di sacrificare, lo donarono al bifolco, per premio di averlo liberato, con animo che, se quelli di casa lo ricercavano, di dir loro che i lupi se l'avevano mangiato.

E tornati alle lor greggi, vedendo che cosí le pecore come le capre pascevano al solito lor ordine, postisi a sedere sopra un tronco di quercia, si dettero a considerare se Dafni per la sua caduta fosse ferito o infranto in qualche parte, e niuna di queste cose essendo, si trovò solamente i capegli e la persona intrisa di creta. Parve dunque loro che si dovesse lavare, avanti che Lamone e Mirtale s'avvedessero del fatto: e, andatosi all'antro con lei, si spogliò e le diede la vesta e la tasca a tenere, baciandola e ricevendone molti baci.

. . . .
.

Quindi, poiché fu solo, in questa guisa da se stesso vaneggiava: — Oimè, che bacio è questo? Che nuovo effetto farà egli in me? Che cosa è questa ch'io mi sento andar per la vita? Come è che le sue labbra siano piú morbide che le rose? la sua bocca piú dolce che 'l mèle? e che 'l bacio sia cosí pungente, che piú non trafigge un ago di pecchia? Io ho pur baciati di molti capretti, ho baciati assai cagnolini, baciai pure il lattonzolo che mi diede Dorcone, tante volte; non però io sentii mai tal cosa. Per certo il bacio della Cloe debbe essere d'altra maniera che non sono gli altrui. Oimè, che gli spiriti mi tremano, il cor mi batte, l'anima mi si consuma e pur desio di baciarla! Oh, mal conquistata vittoria! Oh, nuova sorte di malattia, di cui non so pur dire il nome! Avrebbemi la Cloe con qualche suo incanto per avventura ammaliato? O come non sono io morto? Come esser può che i lussignoli cantino sí dolcemente e che la mia sampogna si stia mutola? che i capretti saltino e che io mi giaccia cosí neghittoso? che i fiori siano cosí vigorosi e che io non tessa ghirlande? I giacinti cominciano ora a vigorire, e Dafni è già passo. Oimè! sarà mai che Dorcone le paia piú bello di me?

Queste e simili cose pativa e diceva il buon Dafni, e questo fu il primo saggio degli effetti e delli ragionamenti d'Amore: né però d'essere innamorati s'avvedevano.

Ma Dorcone bifolco, della Cloe oltra modo invaghito, appostando Driante che appresso d'una vite poneva una pianta, fattoglisi avanti con una sampogna nuziale, gli presentò certi buoni caci, percioché tenea seco amistà da quando egli era pastore, e per insino da quel tempo gli avea ragionato di voler la Cloe per moglie. Ora di nuovo pregandolo, stringendolo perché seco la maritasse, gli proferiva secondo suo pari di molte gran cose: una pelle di toro per fare usatti, e ogni anno del suo armento un giovenco. Dalle cui promesse adescato Driante, fu tutto mosso di consentire: tuttavolta, ripensando che la fanciulla era degna di maggior sposo, e temendo non per gabbo cadere in un male che non avesse rimedio, scusandosi e ringraziandolo del suo dono, rifiutò l'offerte e disdisse il maritaggio. Schernito Dorcone già due volte dalla sua speranza, e perdendo i suoi buoni caci senza profitto alcuno, si deliberò di appostare una volta che la fanciulla fosse sola e conquistarla per forza.

Laonde avvertendo che vicendevolmente menavano le greggi alla fontana, un giorno Dafni e l'altro la Cloe, trovò una sua astuzia veramente pastorale, e fu questa. Egli aveva, tra le sue tattare, una gran pelle d'un lupo vecchio, il quale, combattendo già con un suo toro avanti alla rimessa delle vacche, era stato da quello bravamente occiso a colpi di corna. Di questa si vestí egli dagli omeri insino a' piedi talmente, che le zampe dinanzi coprivano le braccia e le mani, e di dietro vestivano le gambe e i piedi fino a' calcagni; della bocca e del capo si fece in testa come una celata d'uomo d'arme: ed in questo modo, allupandosi di fuori come era dentro, se ne venne alla fontana, dove le pasciute greggi bevevano.

Giaceva questa fontana, come un catino, avvallata da ogni banda, e d'intorno era ogni cosa salvatica e piena di spini, di rovi, di ginepri e di cardi talmente, che un vero lupo vi si sarebbe agevolmente imboscato. Ivi acquattatosi Dorcone, si stava aspettando l'ora dell'abbeverare. Né guari stette che la pastorella, cantando, con ambe le gregge innanzi si mosse verso la fontana, lasciando Dafni a far della frasca per li capretti; ed i cani, guardiani dell'una gregge e dell'altra, come sogliono, catellon catelloni le venivano secondando.

Appressati alla fonte, come quelli che erano di buon naso, sentendo quel sito lupigno, stettero all'erta, e, vedendo tra quei gineprai un certo frascheggiare, vi corsono, e, credendo che lupo fosse, tutti insieme fieramente gli s'avventavano, e, torniandolo, prima che la súbita paura lo lasciasse rizzare, lo cominciarono a mordere di buon denti. Pure, mentre il cuoio lo difendea, il poverello, per vergogna ristringendosi nella pelle e rincantucciandosi il meglio che poteva nel piú forte della macchia, si stava senza far motto. Ma poiché la Cloe, percossa in quel primo incontro, chiamò Dafni per soccorso, ed i cani squarciandogli intorno la pelle gli addentarono il vivo, tosto di lupo divenuto uomo, invece d'urli, piangendo, gridando e rammaricandosi, pregava la fanciulla e Dafni, che di già era comparso, che lo soccorressero. Ed eglino, allora riconosciutolo, fischiando e rallentando i cani, come erano soliti, subito li fermarono; e, trovandolo per le cosce e per gli omeri tutto sbranato, lo condussero alla fontana.

Ivi, cercando degli squarci de' denti, prima ne gli lavarono, poscia, masticando della corteccia dell'olmo verde, ne gli fecero impiastro: e percioché non avevano ancora isperienza degli amorosi ardimenti, si credettero che Dorcone per una sua piacevolezza pastorale cosí travestito e acquattato si fosse; imperò, non se ne crucciando, anzi consolandolo e gran pezzo di strada accompagnandolo, lo licenziarono; ed egli scampato non, come si dice, dalla bocca del lupo ma de' cani, di sí sciocco avviso riprendendosi, s'attese a medicare. Ma Dafni e la Cloe, per rimettere insieme le sparse e dissipate lor greggi, molto per insino alla notte s'affaticarono; percioché, impaurite dalla pelle del lupo e sgomentate dall'abbaiar de' cani tutte sceverandosi, alcune se ne ritirarono sopra certi sassi, ed alcune altre ne corsono insino al mare: e comeché le fossino avvezze d'intender le lor voci, d'ubbidire alle lor sampogne e d'adunarsi ad un solo strepito di mani, allora, per la paura, d'ogni buono ammaestramento si dimenticarono ed a gran pena, per le pedate come le lepri ricercandole, la sera alle mandre le ricondussero. Quella sola notte per istanchezza quietamente dormirono e la fatica fu lor rimedio all'affanno amoroso.

Il giorno seguente tornarono di nuovo alle medesime passioni di prima: sentivano piacer di vedersi, dispiacer di non vedersi; per loro stessi s'affliggevano, non sapendo donde la loro afflizione si venisse, né quel che si volessero: una sola cosa sapeano, che l'una pel bagno e l'altro pel bacio erano in quel travaglio e in quella inquietudine entrati. A questo ardore amoroso sopravvenne il caldo della stagione.

Era nello scorcio della primavera, e nel principio della state, quando tutte le cose stanno nel colmo della bellezza e della bontade insieme; allora che i frutti pendono per gli alberi maturi e coloriti, le biade ondeggiano per le campagne, bionde e granite; quando l'aure rinfrescando ricreano, l'acque mormorando dilettano, e queste per le scheggiose cadute romoreggiando, e quelle per i fronzuti pini fischiando, facendosi l'une all'altre tenore, s'uniscono insiememente in una dilettevole consonanza; allora che le cicale dolcemente cantano, i pomi soavemente spirano e d'amoroso color dipinti cadendo, il sole, amator di tutte le bellezze, di bel colore spogliando gli scolora. In questi giorni Dafni, dentro e di fuora avvampando, si stava spesso intorno a' fiumi, si lavava, notava, pescava, bevea, e beendo si credea di smorzare il caldo che dentro sentiva. La Cloe, munte le sue pecorelle e gran parte delle capre di Dafni, metteva assai tempo a quagliar latte, a far pizze e simili altre bisogne; e percioché in quel mentre le mosche le noiavano e cacciandole mordevano, compita l'opera, tutta si rinfrescava, si rabbelliva, lavavasi il volto, racconciavasi il capo e, di ramoscelli di pino inghirlandata e di una pelle di cerbiatto ricinta, empieva, sí come usavano, la sua borraccia di vino e di latte, e in sul mezzogiorno andava a trovar Dafni e a bere insieme con lui.

Allora cominciava la guerra degli occhi, dove l'uno restava prigione dell'altro. La Cloe, vedendo Dafni ignudo, da tutte le parti del suo corpo le pareva che fioccassero bellezze, a guisa d'un nembo di fiori; e, vagheggiandolo, si consumava a vedere che nessuna menda in nessuno de' suoi membri si ritrovasse. A Dafni, mirando la Cloe, mentre con quel batolo a cinta, con quella ghirlanda in testa, gli porgea a bere, si rappresentava una ninfa di quelle della grotta e, guardandola fiso, pigliava godimento delle sue fattezze poscia le rapiva la corona di testa e baciandola prima ancor egli se ne coronava.

La Cloe, mentre che Dafni si stava ignudo a lavarsi nel fiume, si vestiva del suo tabarro, ma prima lo baciava anch'ella: alcuna volta si discalzava e succintasi per insino a mezzo stinco, s'arrischiava ancor essa d'entrarvi. Dafni si tuffava sotto l'acqua e, chetamente riuscendole appresso, o le dava un pizzico per le gambe, o la tirava per un lembo della sua gonnella, ed ella, come se da qualche abitator del fiume fosse rapita, strillando fuggiva. Talora che assisa sopra la ripa con de' fiori in grembo faceva ghirlande, Dafni le spruzzolava dell'acqua nel viso ed ella gli rovesciava addosso i suoi fiori. Poscia si tiravano de' pomi, s'infioravano le fronti, si scioglievano le chiome, di nuovo le si intrecciavano; e la Cloe agguagliava i capegli di Dafni, perché erano neri, alle coccole della mortella; Dafni assomigliava il volto della Cloe a una mela rosa, percioché egli era bianco e vermiglio. Ella apparava a sonar di sampogna e Dafni, insegnandole, tosto che la si poneva a bocca la ripigliava e, fattovi suso una ricerca ed un cotal gruppetto di note, faceva sembiante di ricorreggerle qualche fallo e con questo avviso, per mezzo della sampogna, infinite volte la baciava.

Avvenne un giorno tra gli altri, in su la sferza del caldo, mentre che Dafni sonava e le greggi si stavano al rezzo, che la Cloe per dormire si trasse chetamente dietro ad una macchia di lentischi, di che Dafni avvedutosi ed aspettando che s'addormentasse, riposta la sampogna, le si mise a canto a vagheggiarla e, non essendo allora da vergogna rattenuto, non si poteva saziare di rimirarla e rimirando pianamente sottovoce cosí da se stesso bisbigliava:

— Che occhi son questi che dormono, che chiusi non sono men belli che aperti? Che bocca è questa che spira, che tal odor non hanno né le mele appiole, né qualsivoglia cespuglio di fiori? Che fo io? Bàciola? No, ché il suo bacio morde il core e cava altrui di sentimento, a guisa che talvolta a chi mangia del mel nuovo suole avvenire. No, ché baciandola la desterei. Scoppiar possiate voi, cicale fastidiose, che per tanto gracchiare non lascerete che la dorma. Male aggiate voi, becchi importuni, con tanto cozzare, e male aggiano i lupi, che divorati non v'hanno: che ben son piú poltroni che le volpi.

Mentre che egli cosí parlando e contemplando si stava, una cicala, fuggendo avanti d'una ingorda rondinella, che per rapirla di sopra le si calava, cadde per avventura in seno alla Cloe, dove salvatasi, l'uccello, dal volo non si rattenendo, venne con l'ali rombando a strisciare per le guance e per lo petto della fanciulla. Per che subito desta, non sapendo che ciò stato si fosse, saltando e gridando si levò da dormire; ma poscia che vide la rondinella, che ancor d'intorno aliava, e Dafni che della sua paura rideva, presa sicurezza ed ancor sonnacchiosa, gli occhi stropicciandosi e 'l petto raffazzonandosi, si sentí la cicala tramezzo le mammelle gracchiare, come se raccomandar le si volesse e della sua salvezza ringraziarla. Di che di nuovo la Cloe si mise a strillare, e Dafni di nuovo a ridere, e con questa occasione le mani in seno mettendole fuora ne la trasse, che fra mano ancora non restava di gracchiare.

La Cloe, veggendola, rise vezzosamente ed in vezzi la si prese molte volte baciandola, e solleticandola perché la cantasse, e cosí cantando in seno se la rimise. Presero ancora diletto di una palombella, sentendola d'una vicina selva boscarecciamente lamentare, percioché, domandando la Cloe quel che la sua voce lamentevole volesse dire, Dafni in cotal modo le prese una sua favola a raccontare.

— E' fu già, bella vergine, una vergine bella come tu sei, cantatrice come tu sei, e guardiana in queste selve di vacche, come tu sei di pecore. Del suo cantare molto le vacche si dilettavano; e pascendo non operava né mazza né pugnetto, ma col canto solo comandava loro e sotto un pino sedendosi, di pino inghirlandata, e di Pane e del pino cantava. Pasceva per quel contorno medesimo un garzonetto vaccaro, bello ancor egli e bonissimo cantore. Questi, gareggiando seco di musica e disfidandola un giorno a cantare, in quel contrasto la melodia del giovinetto riuscì, come di maschio, piú grande, e, come di putto, piú dolce; e la sua dolcezza invaghí tanto le vacche della fanciulla che, tirandole fra le sue, la disarmentò d'otto delle migliori di tutta la sua torma.

Prese la vergine tanto dispiacere di vedersi l'armento scemo e di restar in quella contesa al di sotto che non solamente non volle tornare all'albergo con quel danno e con quello scorno, ma pregò gli dèi che le dessero penne da fuggire lontano dagli altri pastori. Fu la preghiera esaudita, e la sua persona trasformata in questo uccello salvatico e montagnuolo, come era la vergine; ed ancor canta come prima soleva, e cantando dice la sua disgrazia e quella sua voce significa che la va cercando le sue vacche perdute.

Questi, e simili, furono quella state i lor piaceri.

La vendemmia che seguí poi, uscirono di Soría alcuni corsari che per non parer barbari avevano armata una fusta di Natolia, e con quella corseggiando toccarono la spiaggia di Metellino, dove smontando a terra, armati di scimitarre e di mezze corazze, di ciò che venne loro innanzi fecero bottino, predando vini, frumenti, mele e d'ogni sorta bestiami, e spezialmente ne menarono alcune vacche dell'armento di Dorcone e, trovando il povero Dafni che lungo la riva del mare se n'andava, lo presero.

La Cloe non era seco, come quella che sendo fanciulla non usciva la mattina con le pecore finché non era ben alto il giorno, temendo non qualche scorretto pastore oltraggio le facesse. I corsari, veduto il garzonetto della grandezza e della bellezza ch'egli era, parendo loro miglior preda d'altra che fare in que' campi potessero, non curandosi altramente né delle sue capre né di piú altro predare o danneggiare, comeché piangendo, gridando e la Cloe per nome chiamando n'andasse, al mar lo condussero e tosto, sciolto il cavo e dato de' remi in acqua, si tirarono in alto.

Seguito il caso di poco, eccoti venir la Cloe con le sue pecorelle, la qual portava seco per donare al suo Dafni una sampogna nuova, e percioché non era del tutto compita la veniva per via incerando, intonando e facendo i soliti cenni della sua venuta. Giunta a capo la piaggia, tostoché vide le capre scompigliate e sentí la voce di Dafni che tuttavia la chiamava, abbandonate le pecore e buttata la sampogna per terra, corse per aiuto a Dorcone, il quale trovò che giaceva innanzi alla rimessa delle sue vacche, lasciato da' corsari tutto infranto dalle percosse, già vicino a morte per molto sangue che gli era uscito.

Ma egli, veggendo la Cloe e preso dall'amoroso caldo alquanto di spirito, cosí le disse:

— Cloe mia cara, io di qui a poco sarò morto. Qui son venuti i corsari a prendere i miei buoi e per volerli io difendere gli spietati, a guisa di bue, m'hanno bastonato e concio come tu vedi. Ora attendi come tu abbi a riscattar Dafni, vendicar me e rovinar loro. Io ho talmente le mie vacche ammaestrate che sono a tutti i cenni della mia sampogna ubbidienti, e vengono ad un suono di essa, purché lo sentano, quantunque lontano si pascano. Prendila dunque e suona quel verso che io insegnai a Dafni e che tu poscia da Dafni apparasti, e quel che segue poi, tu lo vedrai. E questa sampogna, con che io sonando ho vinto tanti bifolchi e tanti caprari, voglio che tua sia, e da te non voglio altro che un bacio avanti che io muora e, morto che sarò, che tu mi pianga e quando vacche o vaccaro vedrai che di me tu ti ricordi.

Dorcone, cosí dicendo e l'estremo bacio baciandola, le lasciò tra le labbra insieme col bacio la voce e l'anima. La Cloe, presa la sua sampogna e postalasi a bocca, la sonò di tutto fiato e le vacche, sentendo il suono e riconoscendo il cenno, tutte d'accordo mugghiando in mar si gittarono; e da quella banda donde saltarono il legno, e per lo soverchio peso e per la violenza del salto acconsentendo, si venne a rovesciare, e 'l mare aprendosi gli fece letto, e poscia richiudendosi lo ricoperse. Quelli che dentro vi erano tutti caddero, ma non tutti colla medesima speranza di scampare perciochè i corsari, come quelli ch'erano d'arme gravi, con le scimitarre a lato, con le corazze indosso e con li stinieri in gambe, non molto notarono, che l'armi stesse in fondo li misero.

Ma Dafni, che leggiero, scalzo e mezzo ignudo si trovava, sí come era uso di stare in sul campo allora che la stagione era ancor calda, cavatosi agevolmente il suo tabarro, si gittò subito a nuoto: pur notando durava fatica, come quello ch'era solamente usato a notar per li fiumi. Mòstrogli poi dalla necessità quel che egli dovesse fare, si spinse fra mezzo le vacche e dato di piglio con ambe le mani a due corna di due di quelle, portato fra mezzo di esse, se ne venne in terra a seconda, allegro, senza fatica e come assiso sopra d'un carro. Perciocché i buoi nòtano anco piú degli uomini e da nessuno altro animale, salvo che dagli uccelli d'acqua e dai pesci, sono in ciò superati, e notando non periscono mai sino a tanto che l'ugne, macerate e 'ntenerite dall'acqua, non si spiccano lor da' piedi; di che fanno testimonianza molti luoghi di mare, che per questo si dicono «Bosfori», perché da' buoi sono stati valicati. Ed a questa guisa Dafni, fuor d'ogni sua speranza, si trovò libero da due grandissimi pericoli, e dalla presura e dal naufragio.

Uscito dal mare, approdò in seno alla Cloe che per la paura e per l'allegrezza mezzo tra ridente e lacrimosa a braccia aperte in su la riva l'attendeva, e poiché piú volte baciata l'ebbe le domandò la cagione del suo sonare, e quel che sonando volesse inferire. La Cloe tutto per ordine gli spose; come ella ricorresse a Dorcone, come le sue vacche erano ammaestrate, come egli le comandò che sonasse, e come a morte venisse: solamente tacque, per vergogna, di averlo baciato. E già parendo loro di dover l'esequie del benefattore onorare, vollono insieme co' suoi prossimani trovarsi a seppellirlo. E fu la sua sepoltura a questa guisa: gli misero sopra un gran monte di terra e poscia vi posero di molte piante di alberi domestici dove appesero tutte le primizie delle sue opere; di sopra vi sparsero del latte, vi spremerono de' grappoli d'uva e vi ruppero di molte sampogne. D'intorno s'udirono le sue vacche miserabilmente muggire; si videro mugghiando come forsennate imperversare, e non altrimenti che i pastori ed i caprari parvero anch'elle che sopra il morto bifolco piangessero.

Seppellito Dorcone, la Cloe menò Dafni alla grotta delle ninfe e messolo nel bagno lo lavò prima di sua mano, poscia, entrandovi anch'ella (che fu la prima volta che ignuda in presenza di Dafni si mostrasse), lavò quel suo corpo candido, che sí bello e sí netto era che nulla piú gli aggiunsero i bagni né di bellezza né di nettezza; indi, cogliendo fiori di quante guise allora si trovavano, ne insertarono ghirlande e le statue delle ninfe n'incoronarono e, offerendo loro la sampogna di Dorcone, al sasso l'appesero.

Questo fatto, tornandosene a procurar le lor greggi, le trovarono che si giacevano per terra senza pascere e senza belare, come quelle che non veggendo i lor pastori stavano desiderando che tornassero. Tosto dunque che li videro e sentirono i soliti cenni delle voci, de' fischi e delle sampogne loro, le pecore levandosi di terra si misero a pascere, e le capre cominciarono sbuffando a scherzare, come facendo festa dello scampo e della salute del lor capraro. Ma Dafni, veduta la Cloe ignuda, sendogli quella bellezza rivelata che prima gli era nascosta, non poteva dispor l'animo a stare allegro: gli doleva il core, e il suo dolore era come d'uno ch'abbi presa medicina. Traeva sospiri talora impetuosi e rotti, qual suole ansare uno a cui sia data la caccia, talora lenti ed affannosi come a chi la lena manca per troppo correre; parevagli che 'l bagno fosse cosa piú spaventosa che 'l mare, credeva aver l'anima ancora in forza de' corsari, come quello che si trovava senz'essa, e, sendo giovine e contadino, come non aveva ancor notizia d'Amore, cosí non potea manco aver sospetto del suo ladroneccio.

RAGIONAMENTO SECONDO

Erano già i frutti maturi e, soprastando la vendemmia, ognuno in ogni villa era occupato intorno alle bisogne della ricolta: altri a stagnar tini, altri a conciar botti, ed altri ad altre cose diverse, come a procacciar pennati per tagliare l'uva, a tesser corbe per portarla, a commettere il torcolo per premerla, a far fiaccole per carreggiare il mosto di notte, a preparar graticci, imbuti, bigonci e simili altri istrumenti. Dafni dunque e la Cloe, lasciate le lor greggi per aiutarsi a vendemmiare, s'accomodavano vicendevolmente dell'opera loro e Dafni serviva a pigiare ed imbottare, la Cloe a portare il desinare a' vendemmiatori, a dar lor bere del vin vecchio, a vendemmiare le viti piú basse: percioché in Lesbo non usavano né pergole né albereti, ma tutte le lor viti si distendevano coi capi, a guisa d'ellera, tanto sopra terra che un bambino tosto che avesse avuto le braccia fuor delle fasce vi sarebbe aggiunto.

È, come suole avvenire nelle allegrezze di Bacco e nella natività del vino, vi s'erano raunate per aiutare di molte contadine vicine le quali tutte, tosto che Dafni vedevano, gli fissavano gli occhi addosso, lo lodavano, e stupivano della sua bellezza, e l'agguagliavano a quella di Bacco; e furonvi di quelle piú baldanzose che lo baciarono, di che Dafni molto si compiaceva e la Cloe molto se n'attristava. Dall'altro canto, quelli che pigiavano mirando la Cloe sí bella la rimorchiavano, la motteggiavano come satiri intorno a qualche baccante, furiosamente addosso le correvano e l'uno diceva «Io vorrei essere montone e cozzare innanzi a questa pastorella»; l'altro soggiungeva «Ed io mi torrei d'esser pecora, pur ch'ella mi mungesse». Di che, per il contrario, la Cloe andava allegra e contegnosa e Dafni se ne stava triste e pensoso. Pur nondimeno e l'uno e l'altra desiderava che la vendemmia finisse per ritornare alle lor solite pasture, amando piú tosto sentire il sonar delle loro fistole e il belar delle lor greggi che le confuse voci e gli spiacevoli gridi de' vendemmiatori.

Pochi giorni vi corsero che le vigne tutte si compirono di vendemmiare e 'l mosto fu tutto imbottato; laonde, non facendo piú mestiero dell'opera loro, tornarono a menar le greggi al campo ed oltramodo allegri n'andarono a visitar le ninfe, presentando loro per primizia della vendemmia a ciascuna statua il suo tralcio con di molti grappoli e con de' pampini suvvi, come quelli ch'erano usi di non mai visitarle con le man vote; ed ogni giorno, uscendo a pascere le richinavano, tornando da pascere le riverivano, non mai senza qualche offerta o di fiori o di frutti o di frondi o pur d'un qualche saggio di latte. Poveri doni veramente, ma da sí pure mani, da sí semplici cori tanto devotamente dedicati ch'eran sopra ogni pomposo sacrificio accetti, e dagli dèi ben guiderdonati ne furono.

Onorate le ninfe, poi si dettero a festeggiare, a rallegrar le greggi, a sciôrre i cani che per tutto il tempo della vendemmia erano stati legati, li quali, sciolti, scorrendo e mugolando, or facevano lor festa, or con le greggi, or tra lor stessi scherzavano; ed essi alcuna volta gli ammettevano a' becchi, gli attizzavano per qualche piaggia, gli avvezzavano a portare colla bocca, facevano cozzare i montoni, saltar le capre, ballar le pecore, sonavano, cantavano, giocavano, ed ogni boschereccio diletto si prendeano.

E mentre cosí lieti si stavano eccoti comparir loro avanti un vecchione con un vestito di pelle indosso, con scarponi di corde in piedi, e con una tascoccia a lato, di sacco tutto rattoppato e, salutati che gli ebbe, postosi fra l'uno e l'altro a sedere, parlò loro in questa guisa:

— Fanciulli, io sono il vecchio Fileta, quegli che tante cose ho cantate in lode di queste ninfe, che tante volte ho sonato in onor di questo Pane; quegli che comandavo a tanti armenti di vacche solamente con la musica: vengo a voi per raccontarvi il caso che m'è incontrato, e per esporvi le cose che io ho udite e vedute. È molto presso di qui un mio giardino di mia man posto, di mia man coltivato e con ogni mia diligenza guardato, percioché, da indi in qua che io lasciai per vecchiaia di pascere armenti, posi in quello ogni mia cura a farlo, duro ogni fatica per mantenerlo ed ogni mio piacere è di goderlomi. Tutti i pomi, tutte l'erbe, tutti i fiori che in tutti i luoghi e in tutte le stagioni si trovano sono ivi dentro, ciascuno al suo tempo, quanto esser possono coloriti, saporiti ed odorati. Di primavera è pieno di rose, di gigli, di giacinti, di viole mammole e d'ogni sorta di viole a ciocche; di state vi sono de' papaveri, delle pere e di quante mele si trovano; di questo tempo uve infinite, fichi di piú maniere, melagrane dolci, agre e di mezzo sapore, e verdure di mortelle freschissime. La mattina in su l'alba vi si raunano di molte schiere d'uccelli, altri a cibarsi ed altri a cantare, percioché gli è coperto, ombroso e da tre fontane rigato; e se dattorno gli fosse tolta la siepe che 'l chiude parrebbe propriamente un bosco a vederlo.

In questo mio giardino entrando io oggi sul mezzogiorno, vidi sotto certi melagrani e fra certe mortelle un fanciulletto colle mani piene di coccole e di granate: era bianco come un latte, rosso come un fuoco, polito come uno specchio; era ignudo, era solo, giva scorrendo e vendemmiando tutto il giardino, come se non ci avesse a fare se non egli. Io, tosto che 'l vidi, temendo non con quella sua licenza mi guastasse qualche nesto, mi scoscendesse qualche ramo, gli mossi dietro come per pigliarlo, ma egli mi fuggiva innanzi con una leggerezza e con una facilità tale che pareva che davanti mi si dileguasse, e come uno starnotto ora s'inframmetteva per li rosai, or s'appiattava fra' papaveri. Io per me ho durato assai volte fatica di pigliare i capretti, mi sono affannato assai volte di giungere i vitelli, ma questa era una fatica ed un affanno di un'altra sorta: in somma non era possibile né d'aggiungerlo né di pigliarlo.

Laonde, stanco per esser vecchio come mi vedete, mi appoggiai sopra la mia mazza e guardando ch'egli non se n'uscisse lo presi a dimandare:

«De' quai sei tu, mal fanciullo? Che cerchi tu di qua? Donde è questa tua sicurtà di cosí saccheggiare i giardini altrui?».

A questo nulla mi rispose, ma piú presso facendomisi cominciò molto vezzosamente a ridere e a tirarmi delle coccole di mortella, le quali secondo che mi percotevano, cosí mi pareva che la stizza mi scemassero, tanto che tutto raddolcito cominciai a desiderar di averlo in mano e di carezzarlo. Per che, lusingandolo, giurai che lo lascerei andare per l'orto dovunque gli aggradisse, che gli donerei degli altri pomi quanti ne volesse, e che gli darei licenza che scotesse tutti gli alberi che v'erano e, se non gli bastava di cogliere fiori con mano, che li mietesse colla falce; purché una sol volta mi baciasse. Allora di nuovo ridendo, d'un riso pieno di foco, mandò fuora una voce che le rondini, i lusignuoli ed i cigni, sebben fossero vecchi come son io, non hanno sí dolce:

«Fileta - disse egli - a me nulla fatica e molto diletto sarebbe a baciarti, perciochè piú grato fôra a me d'esser baciato che a te di ringiovenire, ma considera bene se la grazia che tu chiedi si conviene agli anni tuoi. Baciato che tu m'avrai bisognerà che mi segua, e non mi potrai né seguir né giungere perciochè la vecchiaia t'aggrava, ed io sono alato e leggiero, e piú tosto s'aggiungerebbe uno sparviero, piú tosto un'aquila o qual si sia velocissimo uccello. Io non sono già fanciullo, sebben fanciullo ti paio, ma sono antico di tempo, e di tutto esso tempo piú antico, e ti conobbi per infin quando pascevi presso a' paduli di Tebe una gran masseria di vacche. Io t'ero appresso quando sotto a que' faggi cantavi per amor di Amarilli, ma tu non mi vedevi, bench'io fossi tuttavia con esso lei. Io son quegli che la ti diedi per isposa: per me n'hai tu sí bella famiglia di figliuoli che sono oggi tutti sí buoni bifolchi e sí sperti agricoltori.

Allora era io sempre con voi due; ora sono sempre con Dafni e con la Cloe. Questi sono il mio gregge e poiché la mattina gli ho insieme accozzati me ne vengo a questo tuo giardino e per esso diportandomi mi trastullo con questi fiori, piglio piacere di queste piante, lavomi in questi fonti. E di qui viene che i tuoi fiori sono cosí vigorosi, che i tuoi alberi sono cosí fruttiferi, percioché da' miei bagni sono annaffiati. Vedi ora s'io t'ho diramate le piante, se t'ho còlti i frutti, se t'ho svelte l'erbe, se t'ho calpesti i fiori; guarda se t'ho intorbidito nessuno di questi fonti ed abbi questa grazia di esser solo fra tutti gli uomini sano e lieto in tua vacchiaia».

Cosí dicendo, questo fanciullo saltò fra le mortelle come un lusignuolo e, rampicandosi per le frondi, di un ramo in un altro si trovò in cima in un baleno. Allora gli vidi io con questi occhi l'ali in su gli omeri, gli vidi l'arco tra gli omeri e l'ali, vidigli al fianco la faretra, e poscia non vidi piú né queste cose né lui. Ora, s'io non ho messi questi canuti invano, se invecchiando d'anni non sono ringiovinito di senno, voi siete innamorati ed Amore ha cura di voi.

Erano stati i giovinetti con gran piacere ad ascoltare la favola di Fileta, ché favola tenevano che fosse piú tosto che cosa avvenuta, ma poscia che egli si tacque gli dimandarono:

— Che cosa è egli quest'Amore, Fileta? è egli un fanciullo oppur un uccello? e che potenza è la sua?

Onde Fileta di nuovo soggiunse:

— Amore è dio, figliuoli miei, giovine, e dilettasi della gioventú; bello, e séguita la bellezza; alato, ed impenna i cori de' suoi seguaci; la sua potenza è tanta che Giove non può piú di lui. Egli comanda agli elementi, comanda alle stelle, comanda agli dèi simili a lui piú che voi non comandate alle vostre pecore ed alle vostre capre. I fiori sono opera sua, le piante sono sua fabbrica, gli animali e tutte le cose che nascono sono sua fattura; per lui corrono i fiumi, per lui spirano i venti, per lui girano i cieli, ed ogni cosa è piena della sua divinità.

Io ho veduto un toro innamorato mugghiar piú forte che se fosse trafitto dall'assillo; ho veduto un becco invaghito di una capra e non si spiccar mai da lei dovunque l'andava. Io, quand'ero giovine ed innamorato d'Amarilli, non mi ricordavo di mangiare, non mi curavo di bere, non potevo dormire, mi doleva l'anima, mi tremava il core, mi si agghiacciava il corpo, gridavo come un tormentato, tacevo come un morto, mi gittavo ne' fiumi come avvampato, chiamavo Pane in soccorso perciochè amava anch'esso la Piti, benedicevo Eco perché mi replicava il nome d'Amarilli, rompevo le sampogne perché mi conducevano le vacche e non avevano forza di condurmi Amarilli.

Perciochè contra Amor nulla vale: non medicine, non malíe, non incanti; insomma son vani tutti altri rimedi che non siano o baciarsi od abbracciarsi o coricarsi ignudi.

Con questa dottrina pose modo Fileta al suo ragionamento e, presi da loro alcuni caci in dono ed un grasso e già cornuto capretto, fece dipartenza. Restati i pastorelli soli, e non avendo mai se non allora sentito ricordare il nome d'Amore, le menti da quel lor furore alquanto raccolsero e, tornati la notte alle stanze, cominciarono a comparare gli accidenti loro con quelli ch'avevano uditi da Fileta.

— Si dolgono gli innamorati, e noi ci dogliamo; di nulla quasi si curano, e noi non ci curiamo; non possono dormire, e noi che facciamo ora se non vegghiare? Sono in continua arsura, e il foco è sempre con noi e bramano di vedersi, e noi per altro non desideriamo che presto si faccia giorno! E' potrebbe essere che questo fosse amore e che noi fossimo innamorati e non ce n'avvedessimo; ché, se non è amore e noi non siamo innamorati, perché cosí ci affligghiamo? che vogliamo noi da noi stessi? Per certo le cose che Fileta ha dette son vere e quel fanciullo del suo giardino apparve ancora a' nostri padri in sogno, quando comandò loro che ne facessero pastori. Ma come piglieremo noi questo fanciullo? È pargoletto, e fuggiranne. Come fuggiremo da lui? Egli ha l'ale, e giungeranne. Ricorreremo alle ninfe ché ne soccorrino? Pane non soccorse già Fileta quando era innamorato d'Amarilli. Certo bisognerà che noi facciamo i rimedi ch'egli ci ha detto: che ci baciamo, che ci abbracciamo e ci corichiamo ignudi in terra. Ma come faremo ora che è freddo? E' sarà bene che noi ce ne consigliamo un'altra volta seco.

Questi furono quella notte i loro pensieri.

Il giorno seguente, menando le greggi a pascere, tosto che si videro si corsero a baciare (quel che non avevano ancor fatto) e, gittandosi le braccia al collo, s'abbracciarono strettamente. Il terzo rimedio non s'ardirono a fare percioché coricarsi ignudi pareva cosa brutta, non solamente alle vergini, ma a' giovani caprari. L'altra notte dunque, non potendo manco dormire, tornarono di nuovo a riandar le cose ch'avevano fatte, a pentirsi di quelle ch'aveano lasciato di fare.

— Ci siamo baciati — diceano — e nessuno profitto n'abbiamo cavato, ci siamo abbracciati ed è quasi il medesimo: per certo che 'l coricarsi debbe esser solamente il rimedio d'amore: questo bisogna che noi proviamo, in questo sarà di certo qualche cosa di piú che nel bacio.

E con tali discorsi addormentandosi, come suol avvenire, vedevano sogni amorosi e sognavano di baciarsi, d'abbracciarsi e di far la notte quello che non avevano fatto il giorno, cioè di coricarsi insieme ignudi. L'altra mattina dunque si levarono meglio disposti e, frettolosi di baciarsi, con molti fischi sollecitavano di cacciar le greggi al campo e, subito incontrati, sorridendo si corsero a fare accoglienza, prima baciandosi, di poi abbracciandosi: ma di fare il terzo rimedio pur s'indugiarono, percioché né Dafni s'arrischiava di dirlo né la Cloe ardiva di cominciare per insino che a sorte non venne lor fatto.

Sedevano un giorno ambedue sopra un tronco di quercia ed affettuosamente baciandosi se n'andavano tutti in dolcezza perché non sapendo da tal diletto levarsi, ognora piú strettamente abbracciandosi, stringendosi, succiandosi, strofinandosi i visi e premendosi le labbra con le labbra talmente che né l'una bocca né l'altra si vedea, Dafni una volta sprovvistamente per piú stringersela addosso diede una scossa cotale alla scapestrata che la Cloe venne alquanto a piegarsi per il lato, ed egli per continuar la soavità del bacio seguendola le si rovesciò sopra. Cosí caggendo ambedue, tosto che furono in terra, riconosciuta la sembianza del sogno, per non lasciar quell'occasione, avvinchiandosi insieme stettero per buono spazio coricati e nulla di piú sentendovi, pensando di non aver ancora adempito il fine di quell'amoroso godimento, da capo vi si rimisero. E consumatovi quasi tutto quel giorno invano, sopravvegnendo la sera, si distaccarono e maledicendo la notte ricondussero le greggi alle lor mandre.

Il giorno appresso tornarono al medesimo giuoco e per avventura avrebbero trovato il vero modo, se non che nacque un tumulto che tutta quella contrada mise a rumore. Uscí di Metinna, città dell'isola medesima, una brigata di gentiluomini giovini e ricchi i quali, per passar quel tempo della vendemmia in vari luoghi ed in diversi piaceri, corredata una lor barchetta di tutte cose dilettevoli e necessarie e facendola ai loro propri servi vogare, se n'andavano costeggiando la spiaggia de' metellinesi, smontando ora a questa ed ora a quell'altra villa vicina al mare, percioché tutta quella riviera è doviziosa di porti, di edifici, di bagni e di piaceri assai, parte creativi dalla natura e parte aggiuntivi dall'arte, li quali tutti insieme fanno abitazioni commode e dilettevoli molto.

E cosí navigando e pigliando porto, dovunque smontavano, non facendo né danno né oltraggio a persona, si davano a diverse sorti di piaceri, ora pescando a lenza di sopra un sasso sporto in mare, ora mettendo i cani in terra e tendendo lungagnole alle lepri, che in quel tempo fuggivano i rumori delle vigne, e talora uccellando e ponendo lacciuoli all'oche salvatiche, all'anitre, alle gavine ed altri simili uccelli, talmente che col piacer medesimo il pranzo e la cena si procacciavano e quando cosa alcuna mancava loro se ne fornivano per quelle ville, spendendo assai piú che le cose non valevano, benché non faceva lor bisogno se non di pane, di vino e di alloggiamento. E per esser il tempo autunnale, non si assicurando del mare e temendo la notte di tempesta, tiravano il legno in terra.

Ora avvenne che un contadino, mentre che vendemmiava, avendo bisogno di corda per un lastrone da soppressar la vinaccia sendo quella che v'era prima tutta logora, se ne scese nascostamente al mare e, trovato il legno senza guardia, ne sciolse il cavo a che stava attaccato e portandolosi se ne serví nel suo bisogno. La mattina i giovani metinnesi cercando e non si trovando chi involato l'avesse, né chi l'involator rivelasse, rammaricandosene con quelli che alloggiati gli avevano se ne partirono. E poco men di quattro miglia navigando, si trovarono a veduta del paese per onde il Dafni e la Cloe pasturavano; e parendo loro accommodato alla caccia delle lepri presero spiaggia; e non avendo con che la barca attaccare, fecero una lunga ritortola di vincigli verdi ad uso di fune, e con quella dalla poppa nel lito ad un palo l'accomandarono.

Questo fatto, posero i segugi in terra e le reti a' passi dove credevano che le fere avessero a capitare, ma i cani, sbarcati che furono, tosto ch'ebbero per la collina le capre di Dafni vedute, lasciato di cacciare alla volta loro ne corsero e con molto squittire cacciandole e mordendole in fuga e in spavento le misero, ed al mare la piú parte ridottasi, certe delle piú licenziose, non trovando nel lito da pascere, rosero tanto la ritortola con che il legno stava legato che la tagliarono.

In questo mentre si mise vento di terra e levossi burrasca di mare, perché, subito che 'l legno fu sciolto, risospinto dal vento e dal maricino prese dell'alto. Di che i metinnesi avvedutisi, corsero altri alla riva per ricoverare il legno, ed altri si sparsero per i campi per raccôrre i cani; e per tutto una grida levarono che fece d'ogn'intorno raunar gente a soccorrerli. Ma nulla giovarono percioché, rinforzando tuttavia di ventare e di mareggiare, il legno, senza mai rattenersi, trascorse tanto a seconda che uscí lor in tutto di vista. Allora i giovani metinnesi, vedendosi privi di tante e sí ricche spoglie che suso v'erano, si dettero a cercar del guardiano delle capre e trovando che Dafni era desso incontra lui si mossero e, bastonandolo, strascinandolo, svaligiandolo, le mani già dentro con un guinzaglio gli legavano quando egli cosí battuto e sforzato, gridando e piangendo, si volse a pregare i contadini che d'intorno gli stavano che l'aiutassero, e specialmente chiamava in soccorso Lamone e Driante.

I quali venuti, cosí vecchi come erano, callosi, nerboruti e bronzini, con le mani terrose e coi capi rabbuffati ma d'aspetto gravi e d'anni rispettevoli, a guisa di mezzani trasmettendosi e con buone parole il tumulto fermando, persuasero che saria bene intendere come il caso fosse passato e donde proceduto perché si vedesse da qual delle parti fosse nato lo scandolo; e di comune accordo al parer di Fileta bifolco se ne rimisero, di cui non era, in tutto il contado, alcuno in quel tempo né che piú vecchio fosse, né che maggior nome avesse di giusto né d'intendente. E fattogli intorno cerchio, primamente i metinnesi, avendo un bifolco per giudice, porsero brevemente e chiaramente la loro accusa in questa guisa:

— Padrecciuolo, noi siamo cacciatori e per cacciare approdammo a questa spiaggia. Lasciammo il nostro legno attaccato nel lito ad un palo con una ritortola, e noi coi nostri cani attendevamo alla caccia quando le capre di questo reo garzone son calate al mare, hanno rósa la ritortola e sciolto il legno: voi stessi l'avete veduto scorrere e dinanzi agli occhi vostri s'è sparito. Ora di quanta roba credete voi che fosse pieno? Che vesti pensate che ci abbiamo perdute? Che guarnimento di cani? E quanti danari? Queste cose erano di tanto valore che con esse tutto questo paese si comprerebbe, perché noi pensiamo che sia ragionavelo di menare questo capraro in ricompensa d'esse, per cui difetto si son perdute, sendo officio de' suoi pari pascer per li monti e non per lo lito come i marinai.

Detto ch'ebbero i metinnesi, Dafni, come che fosse infranto e guancito tutto, pure in cospetto della Cloe, quasi nessuna stima ne facesse, cosí soggiunse:

— Io pasco le mie capre bene quanto altro mio pari e sono miglior capraro ch'eglino non sono cacciatori, e non fu mai che pure uno solo di questi vicini si rammentassero che in loro orto entrasse una mia capra, né che rodesse pure una vite; ma eglino sí che sono mali cacciatori, ed i lor cani malissimo avvezzi, percioché, abbaiando e sbrancandomi tutta la greggia, me l'hanno perseguitata dalla collina per tutto il piano sino al mare come se fussero lupi. Oh, gli hanno rósa la ritortola! E come avevano a fare se nella rena dove l'avevano cacciata non era né erba, né timo, né corbezzoli, né altro, di che si pascessero? Il legno è perito! Questo è opera della tempesta piú che delle mie capre. Ci avevano sú di molte vesti e di molti danari! E chi crederebbe, altri che uno sciocco o uno smemorato, che un legno dove sí ricco carico fosse avesse per gomina un vinciglio?

Cosí dicendo e lagrimando, mosse tutta la turba de' villani a compassione, e Fileta giudice, giurando prima la divinità di Pane e di tutte le ninfe, sentenziò che né Dafni né le sue capre in questo caso ingiuriati gli avevano, ma solamente il vento e 'l mare, di cui ad altri giudici si spettava di giudicare. Non s'acquetarono i metinnesi alla sentenza di Fileta: perché, di nuovo mossi dall'ira, assalirono il giovinetto e cercando di legarlo e di menarlo, i villani, non potendo piú tanta loro insolenza sofferire, armati altri di pali, altri di frombole ed altri di altri villeschi istrumenti, furono lor sopra tutti in un tempo a guisa di storni o di mulacchie e, azzuffandosi con essi, primamente trassero lor Dafni dalle mani che di già combatteva anch'egli coraggiosamente, dipoi, tutti insieme facendo testa, a colpi di buone legnate e di gran petrate tutti in rotta e in fuga li misero e, seguitandoli, non prima si arrestarono che oltre a' monti gli ebbero in altri campi cacciati.

Mentre che eglino a' metinnesi dànno la caccia, la Cloe pianamente condotto il suo Dafni alla grotta delle ninfe e lavatagli la faccia che per le molte percosse era tutta livida e sanguinosa, si trasse dalla tasca del cacio e della ricotta salata e dandogli a mangiare, poiché col cibo l'ebbe alquanto confortato, con saporitissimi baci ed altre dolcissime accoglienze tutto lo riebbe; e questa fu la seconda sciagura del povero Dafni. Ma la faccenda de' metinnesi non finí però cosí di leggieri, percioché, giunti a Metinna pedoni donde uscirono marinari, tornando cacciati donde si partirono cacciatori, e riportando ferite invece di fere, fecer subito raunare il Consiglio e, con le palme d'olivo innanzi, andarono a supplicare che si dovesse pigliare impresa di vendicarli, non porgendo puntualmente le cose a guisa ch'erano seguite perché, sapendosi che oltraggiosamente e da pastori erano stati incaricati, dubitarono che in dispregio ed in scherno ne fussero avuti, e solamente dissero che gli uomini di Metellino avevano lor preso il legno, svaligiatili di danari e trattatili da nimici. Credettero i metinnesi ai loro giovini per lo riscontro delle ferite e, parendo lor ragionevole di vendicarli per essere gli ingiuriati figliuoli de' primi nobili della città, si risolvettero, senza altro protesto, di romper guerra a' metellinesi e comandarono al lor capitano che con dieci galere assaltasse la spiaggia di Metellino, percioché, sendo ancora presso al verno, non ardivano d'assicurarsi in mare con maggior armata.

Il capitano, subito apprestate le galere ed armatele di combattenti e di ciurma per amore, il giorno seguente si partí per la riviera de' metellinesi, e, ponendo in terra, fecero bottino di bestiami, di frumenti, di vini che poco innanzi s'erano riposti e presero a man salva di molti che trovarono, o guardiani o operai d'essa preda. Navigarono di poi dove i due pastorelli pascevano e, dismontando subitamente, predarono ciò che si parò loro innanzi.

Dafni in quel punto per avventura non era con le capre percioché stava nella selva a far della frasca, per aver con che sostentar la 'nvernata i capretti e, veggendo su d'alto la correrìa e lo scompiglio de' campi, per paura si ficcò dentro un ceppo d'acero secco, e quivi stette tanto che 'l romore fosse cessato. La Cloe era restata a guardia delle greggi ed avendo dietro la caccia se ne fuggí verso la grotta delle ninfe, dove sopraggiunta, piangendo e raccomandandosi, li pregava e per le ninfe li scongiurava che avessero compassione di lei e delle bestiuole ch'ella pasceva.

Ma tutto era invano percioché i metinnesi, schernendo ancora le statue delle ninfe, le greggi e lei, come una capra o una pecora, innanzi si misero e talora, perché s'arrestava e faceva loro indugio e fatica, le davano tra via delle scudisciate perché suo malgrado n'andasse. Aveano già le galere piene d'ogni sorta di preda quando parve loro di non dover piú oltre navigare, temendo non la tempesta o piú li nimici gli assalissero, e perché non spirava vento di ritorno si rivolsero addietro a forza di remi.

Ritirati che si furono e cessato il rumore, Dafni, calandosene al campo dove pascevano e non vedendo le sue capre, non le pecore, non la guardiana d'esse ma d'ogn'intorno guasto e solitudine, e trovando la sampogna della Cloe per terra, dopo messo un gran mugghio, piangendo e tapinandosi, or se ne correva al faggio dove solevano stare assisi, or se ne calava al mare se per sorte la vedesse. Ed ultimamente, venendo alla grotta delle ninfe, s'avvide che ivi la Cloe s'era ricoverata e che quindi era stata menata, onde, per terra gittatosi, cosí cominciò con le ninfe (come se da loro fossero traditi) a lamentarsi:

— Di grembo a voi, ninfe, mi è stata rapita la Cloe e voi l'avete sofferto? Dinanzi agli occhi vostri m'è stata tolta, e voi l'avete potuto vedere? La Cloe vostra, che v'ha di sua mano tante ghirlande tessute, che v'ha tante primizie offerte, che questa sampogna che sta qui appesa v'ha dedicata! Oimè che 'l lupo non mi rapí mai una capra, e li nimici me n'hanno menata tutta la greggia e toltami la mia compagna! Oimè che scorticheranno le capre ed ammazzeranno le pecore, e la mia Cloe da qui innanzi starà sempre rinchiusa nella città! Ora con che faccia andrò io innanzi a mio padre e mia madre, cosí spogliato, cosí scioperato? Che arte sarà ora la mia? Chi mi darà piú avviamento? Donde avrò piú che pascere? Io mi starò qui tanto in terra, o ch'io mi muoia, o che vengano un'altra volta i nimici a pigliarmi e menarmi dove è lei. Cloe mia, senti tu questa passione che sento io? ricorditi tu piú di questi campi, di queste ninfe e di me poverello? Oppur ti consolano le pecore e le capre che son teco prigioni?

Cosí dicendo, per lo molto pianto e per l'affanno durato, cadde in un sonno profondissimo. E, dormendo, tre ninfe delle medesime della grotta, a guisa di tre gran donne, belle, mezze ignude, succinte, scalze, con le chiome sciolte ed alle loro statue in tutto simiglianti, in sogno gli si appresentarono, e primieramente della sua sventura dolutesi, la piú attempata di loro, confortandolo, cosí gli disse:

— Dafni, sta' di buon animo e non ti rammaricar di noi, ché assai piú di te amiamo la Cloe e piú pensier ne tegnamo che tu medesimo. Noi siamo che per insino da bambina l'abbiamo in custodia avuta; noi, quando in questa grotta fu gittata, procurammo di farla nutrire percioché ella non ha che fare con questi campi, né con le pecore di Driante, come né anche tu con le capre di Lamone. Quanto a lei, insino ad ora s'è provvisto ch'ella non vada schiava in Metinna; percioché siamo ricorse al dio Pane, a questo che s'adora di sotto il pino, il quale voi non avete mai pur di fiori, non che d'altro, onorato. Noi l'abbiamo pregato che porga aiuto alla Cloe, percioché egli è uso nell'armi piú che noi e molte volte, lasciando le ville ed i monti, è stato negli eserciti e provveduto capitano e coraggioso guerriero. Ora, per nostre preghiere, ne va egli stesso contra a' metinnesi acerbo nimico. Imperò non dubitare: lèvati suso e fatti vedere a Lamone ed a Mirtale, che giacciono ancor eglino prostrati in terra pensandosi che tu sia parte di questa rapina, e noi ti promettiamo che domani la Cloe sarà di ritorno con le tue capre e con le sue pecore, e che pascerete, canterete e sonerete insieme come prima. Dell'altre cose, Amor, che cura ne tiene, a suo senno se ne disponga.

Ciò vedendo ed udendo, il giovinetto, destandosi e d'allegrezza e di dolor piangendo, saltò subito in piedi ed inchinatosi reverentemente alle statue delle ninfe si votò, per lo scampo della Cloe, di sacrificar loro una capra, la migliore di tutta la greggia; poscia, correndosene al pino dove era la statua di Pane co' piedi caprini, con la testa cornuta, dall'una mano con la sampogna e dall'altra con un becco che saltava, a lui medesimamente inchinatosi ed adorandolo, lo pregò per la salvezza della sua Cloe, promettendogli il sacrificio del piú barbuto becco ch'avesse. Ed appena nel tramontar del sole restando di piangere e di pregarlo, si mise in collo il suo fastello e tornandosene alle stanze, consolato Lamone che piangeva e d'allegrezza empiutolo, poiché egli ebbe alquanto di cibo gustato, se n'andò per dormire, lagrimando sempre e pregando di vedere in sogno le ninfe, e che presto il seguente giorno venisse, nel quale per la promessa delle ninfe attendeva che la sua Cloe tornasse.

Quella notte, per l'aspettar, gli parve lunghissima e, per l'affanno che egli sosteneva, gli fu durissima, ma soprammodo terribile fu ella e travagliosa all'armata dei metinnesi, per li rei segni e per le molte paure che in quella gli avvennero, percioché, ritirato che si fu il capitano delle galere per uno spazio di dieci miglia, parendogli di dovere alquanto rinfrescare le sue genti stracche e delle fazioni e del remigare, prese una punta che sporta in mare ed in forma di luna stendendosi un cotal golfo facea che sopra ogni tranquillissimo porto era sicuro. Ivi dentro mettendosi, e surte le galere talmente che di terra nessuna di esse poteva da' paesani essere offesa, a guisa che si suole in tempo di pace diede comiato alle genti, che a lor diletto se n'uscissero per il lito a diporto. Ed eglino, avendo abbondanza di grascia e d'ogni altra cosa per la preda fatta, si dettero a far gran cena, a mangiare, a bere, a giocare ed a rappresentare come una festa di vittoria.

Era già cominciato a rabbuiarsi, ed aveano per la sopravvegnente notte posto fine ai loro piaceri quando subitamente parve loro che tutta la terra tremasse, che l'aere lampeggiasse e che il mare da ogni banda fosse pieno di rumori spaventevoli e d'un percotimento di remi, come se navigasse incontra loro una grandissima armata. Sentivano voci che davano all'arme, che chiamavano il capitano, che incitavano i combattenti; udivano incioccamenti di arme, investimenti di navi, rammarichii di cadenti; pareva loro di esser feriti, di vedere uomini morti: insomma di trovarsi in una notturna battaglia di mare, senza apparir persona che combattesse.

Il giorno che seguí poi fu piú spaventoso assai che la notte percioché, subito che la luce apparve, si videro le capre ed i becchi di Dafni tutti con le corna inghirlandate d'ellera e di corimbi, le pecore ed i montoni della Cloe si sentirono urlare come lupi, essa la Cloe fu vista con una corona di pino in testa. In mare si fecero cose miracolose percioché, tentando di tirar l'àncore, mai non poterono; abbassando i remi per vogare, si rompevano; d'intorno a' legni saltavano delfini, e con tanta tempesta percotevano le catene con la coda che tutte le scommettevano; su di cima lo scoglio si sentiva un suono di sampogna sí spiacevole che non di sampogna ma di chiarini di mare e di bellicosa tromba sembrava che fosse, e sangue e morte parea che sonando minacciasse. Essi, tutti perturbati, pigliavano l'arme, e gridavano a' nimici che non vedevano e paurosi desideravano che tornasse la notte, come sperando d'avere in quella qualche tregua a tanto travaglio.

Questi prodigi erano bene intesi dagli uomini savi, pensando che le cose che si vedevano e sentivano non potessino procedere se non da Pane, per qualche sdegno contra i naviganti; ma la cagione non sapevano né manco la potevano immaginare, non sendo da loro stato predato cosa che a lui si pensassino che fosse sacra. Tanto che in sul mezzogiorno addormentandosi il capitano dell'armata, non senza mistero esso dio Pane gli apparve in sogno, cosí dicendo:

— O scellerati e sopra tutti gli uomini irreverenti e dispietati! e che furor v'ha spinto a tanto ardimento? A dare il guasto alle ville di cui son io il difensore? A molestare i contadini che sono i miei devoti? A predare gli armenti e le greggi che sono a mia custodia? Avete rapita dagli altari una vergine, di cui Amor vuole che si facci una favola e non temeste ciò commettere in cospetto alle ninfe. Non aveste riguardo a Pane, che son quell'io. Ma voi non vedrete già Metinna con queste spoglie; non potrete già fuggire lo spaventoso suono della mia sampogna. Io vi farò tutti affogare, tutti vi farò magnare a' pesci se tosto la Cloe con tutte le sue greggi alle ninfe non restituite. Lévati su dunque e comanda che la fanciulla, con le capre e con le pecore che predaste con esso lei, incontanente sia posta in terra; ché cosí sarò io guida a te della navigazione ed a lei della sua via.

Spaventato Briasso di cosí fatto sogno (ché tale era il nome del capitano), saltò subito in piedi e, chiamati a sé tutti i condottieri delle galere, impose loro che della Cloe tra i prigioni cercassero; la quale senza molto indugio trovata e menatagli avanti (percioché secondo il contrassegno della visione s'avvisarono che fosse quella che sedeva nella capitana, incoronata di pino), tosto le diede comiato, dicendo:

— Fanciulla, vattene in terra e libera te e le tue greggi di servitú e noi scampa dall'ira del salvatico dio.

Cosí detto, ed ordinato che nel lito la ponessero, non piú tosto si mosse che si sentí di cima allo scoglio squillare un suono di sampogna, non piú battaglievole e pauroso, ma boschereccio ed allegro, qual usano i pastori a condur le greggi alla pastura. Dietro a lei per loro istesse s'inviarono ambedue le torme, calando le pecore il ponte soavemente per téma d'isdrucciolare e le capre piú alla sicura scendendone, come quelle che piú son use d'andar per le balze. Giunte in terra, misero in mezzo la Cloe e, scherzando e belando come per farle festa, intorno le s'aggiravano. Le capre degli altri caprari, le pecore degli altri pecorari e le vacche degli altri vaccari standosi ciascuna nella sua torma non si mossero mai di sotto coverta e, parendo ciò miracolo a tutti ed adorando ciascuno la divinità di Pane, apparvero cose piú miracolose nell'uno elemento e nell'altro. Percioché le galere de' metinnesi avanti che l'àncore si togliessero incontinente navigarono, ed un delfino, saltando innanzi alla capitana, le si mostrava innanzi a guisa di piloto; per terra conducea la Cloe un suono di sampogna dolcissimo, non si veggendo chi la sonasse, di che le pecore e le capre, andando insieme e pascendo, si dilettavano.

Era già l'ora della seconda pastura quando Dafni, d'un'alta vedetta del monte scorgendo di lontano le greggi e riconoscendo la Cloe, gridando ad alta voce: «O ninfe! o Pane!», si mosse correndo verso la pianura e, giunto alla Cloe, abbracciandola e nelle braccia per allegrezza svenendole, cadde in terra tramortito ed appena dalla fanciulla con molti baci e con istretti abbracciamenti fatto rinvenire, come trasecolato guardandola, sotto all'usato faggio si ricondusse. Ivi a seder postosi con esso lei, dopo molte meraviglie e molte accoglienze, le dimandò in che maniera fosse da tanti nimici scampata ed ella, tutto per ordine divisandogli, gli raccontò l'ellera delle capre, gli urli delle pecore, la ghirlanda del suo capo, il tremor della terra, i lampi dell'aria, lo strepito del mare, i suoni delle sampogne, il bellicoso e 'l pacifico, la notte orribile, il giorno spaventoso, ed ultimamente la invisibil guida della musica.

Dafni, confrontando le fazioni di Pane col sogno delle ninfe, disse ancor a lei tutto ciò che egli avea veduto e sentito e come, sendo a morte vicino, era per conforto delle ninfe in vita rimaso. Cosí stati alquanto a consolarsi e rallegrarsi insieme, ordinato di sacrificare agli dèi, Dafni mandò la Cloe ad invitar Driante e Lamone che venissero con tutti i loro e con ciò che facea mestiero al sacrificio. Ed egli intanto, scegliendo la miglior capra di tutta la greggia, ne fece vittima alle ninfe ed appesala e scorticatala dedicò lor la pelle. In questo mentre comparsi quelli che la Cloe conduceva, accese il foco e parte di quella carne lessando e parte arrostendo ne porse il saggio alle ninfe, e sparse loro una gran tazza di mosto. Composte poi le mense di frondi, s'assisero a magnare, a bere ed a festeggiare, avendo però sempre gli occhi alle greggi ché il lupo non facesse lor villania, quello che non avevano fatto i nimici, ed in onor delle ninfe cantarono alcune canzoni le quali erano poesie d'antichi pastori.

La notte seguente dormirono alla campagna per il giorno di poi sacrificare a Pane. E la mattina, preso un becco il quale era il piú vecchio padre di tutto il branco, di pino incoronato, di sotto al pino lo condussero ed ivi, di vino la fronte spargendogli, cantando tuttavia le lodi del cornuto dio, lo sacrificarono, l'appesero, lo scorticarono e facendo della sua carne una parte arrostita e l'altra lessa la posero nel prato sopra a foglie d'ellera e di tassobarbasso, e la pelle, con le corna suvvi, nel pino, appresso alla statua di Pane la conficcarono, usata offerta dei pastori al pastorale dio. Gli dieron poi le primizie della carne, gli offersero una maggior tazza di vino; cantò la Cloe, sonò Dafni. E già per il prato a mangiare adagiandosi, eccoti per avventura sopravvenir Fileta bifolco che portava per offerire a Pane certe sue ghirlandette e certi grappoli d'uva co' pampani ancora in su' tralci. Seco veniva Titiro, suo figliuol minore: un fanciullo il quale era bianco e biondo e scherzava e camminava leggiermente, e saltava come un capretto. E, sagliendo ambedue insieme, incoronarono la statua di Pane, ed appesero i tralci con l'uve ai rami del pino; poscia, assentatisi ancor eglino, si misero a pranzo con esso loro. E, come è solito de' vecchi che di natura sono la piú parte beoni, riscaldati che furono dal vino, vennero tra loro a diversi ragionamenti de' tempi passati e si vantavano, chi d'essere stato buon pastore quando era giovine, chi d'essersi salvato molte volte da' corsari, chi d'essere un grande ammazzator di lupi, chi il primo cantore e 'l primo toccator di sampogna che fosse, da Pane in fuori. Questo vanto cosí magnifico fu di Fileta, col quale egli destò grandissimo desiderio in tutti di sentirlo. Perché Dafni e la Cloe in tutti i modi lo pregarono che facesse lor parte di tanta maestria e che onorasse col suo canto la festa di quel dio a cui tanto la sampogna aggradava.

Fileta ne fu contento, quantunque molto si scusasse per la vecchiaia di non aver petto abbastanza e presa la sampogna di Dafni, non prima l'ebbe tastata che non le parendo della sua grand'arte capace, spacciò subitamente Titiro, per la sua, alle sue stanze, poco piú d'un miglio lontano. Titiro, spogliatosi in un tempo del suo tabarretto, si mosse a correr per essa ignudo che parve un cerbiatto. In questo mentre Lamone, per intrattenerli, s'offerse di raccontar loro una favola, che apparò già a vegghia da un caprar di Sicilia, e prese cosí a dire:

— Questa sampogna, che ora è stromento, non era prima stromento ma una vergine, bella, musica, guardiana di capre e compagna di ninfe. Colle ninfe giocava, a lor presso pasceva e con esse come oggi suona allora cantava. Pane un giorno, mentre ch'ella pascendo, giocando e cantando si stava, sopravvegnendola tentò di trarla al suo desiderio promettendole che tutte le sue capre figlierebbono a doppio. Ella, schernendo il suo amore e ritrosamente rispondendogli, disse che non degnava per innamorato uno che non fosse né tutto uomo né tutto becco. Mossesi Pane a correrle dietro per isforzarla; ed ella, dalla forza e da lui sottraendosi, si dette a fuggire tanto che, stanca sopra d'un palude giungendo, fra di molti cannicci di che egli era pieno s'ascose e dentro vi sparve. L'orgoglioso dio, per la stizza tagliando le canne che davanti le si paravano e non trovando la fanciulla, tostoché seppe la sua disavventura, compose delle tagliate questo stromento, congiungendole insieme con la cera disegualmente, per la diseguaglianza del suo amore. Cosí fu già bella vergine questa, che adesso è sonora sampogna.

Avea di poco Lamone posto fine al suo favoleggiare, e Fileta lo lodava d'aver con la sua favola pòrto maggior piacere che se egli avesse cantato, quando Titiro sopravvenne con la sampogna del padre. Era questa sampogna un grande stromento e di grosse canne composto, ornata di sopra alla 'nceratura d'una forbita e ben commessa spranga di rame, e tale che a vederla ognuno avrebbe creduto che fosse quella che da Pane stesso fu la prima volta fabbricata. Fileta dunque, levatosi in piedi e nell'antico seggio de' pastori a seder postosi, tentò primieramente, di canna e di tasto in tasto, tutta la sua sampogna se dentro ben netta fosse e, veggendo che 'l fiato senza alcuno intoppo correva, in un tempo la 'ntonò sí forte e con tanto spirito che al petto di qualunque robusto giovine si sarebbe disdetto.

Risonò tutta la campagna d'intorno e parve che s'udisse un concerto piú tosto di piferi che di canne; poi, di mano in mano il tuono scemando, ad una piú soave melodia lo ridusse. Cosí, variando e discorrendo per tutta l'arte della musica, sonò quando il grande, che si conviene alle vacche, quando l'acuto, che aggrada alle capre, e quando l'allegro, che diletta alle pecore: insomma contraffece con la sua sampogna le voci di tutte le altre sampogne. E stando tutti con grandissimo piacere intenti ad ascoltar l'armonia di Fileta, Driante, levatosi di terra ed impostogli che una bacchea gli sonasse, si recò primieramente in su la persona e crollatosi, divincolatosi e branditosi tutto, incontanente che sentí il primo accento d'essa, spiccata una cavrioletta in aria si mosse saltando ed atteggiando una moresca di vendemmiatori e battendo minutamente ogni minima nota del suono contraffece quando un tagliator di grappoli quando un portator di corbe, ora un che pigiasse, ora un che imbottasse, e finalmente un che beesse e che bevuto, balenando e 'ncespitando cadesse; e cosí, come ubbriaco cadendo, fece fine, lasciando tutti che 'l viddero pieni di meraviglia percioché tutti i suoi moti furono con tanto tempo, con tanta attitudine e sí naturalmente fatti che a ciascuno parve di veder veramente le viti, il tino, le botti, e che veramente beesse e veramente fosse ebbro.

Mostro ch'ebbe il terzo vecchio anch'egli la sua prodezza, baciò Dafni e la Cloe ed essi, levati suso, atteggiarono la favola di Lamone. Dafni imitò Pane, la Cloe contraffece Siringa; questi lusingando pregava, quella schernendo rideva; questi seguendola correva con le punte dell'ugne, imitando i piedi caprini, quella fuggendo mostrava paura e lassezza. Poscia la Cloe s'ascose nella selva come Siringa nella palude e Dafni, presa la sampogna di Fileta, quello sí grande stromento, secondo che volle far sembiante d'amarla, di pregarla o di richiamarla, cosí sonò quando a lamento, quando a lusinghe e quando a raccolta, sí maestrevolmente toccandola che Fileta meravigliandosi si levò suso e, baciatolo, in dono la gli diede, con patto che a verun altro ch'a sonare o non lo appareggiasse o non l'avanzasse giammai non la desse; ed egli, presala e baciatala, dedicò la sua piccola a Pane.

Ridotta che fu la Cloe quasi ad una vera fuga, già notte facendosi, le capre se ne tornarono insieme con le pecore, e Dafni con esso la Cloe, tantoché per insino a notte non si spiccarono l'uno dall'altra; e notte facendosi, per lo seguente giorno si convennero di cacciar la mattina per tempo a pascere. E cosí fecero percioché, appena spuntato il giorno, che furono al campo e, visitate primieramente le ninfe e di poi Pane, se n'andarono sotto l'usato albero a sedere, a sonare ed a cantare; poscia si baciarono, s'abbracciarono, si coricarono e piú oltre non sapendo si levarono, mangiarono, bevvero, mescolando il vino col latte.   Cosí riscaldati e fatti alquanto piú arditi, vennero tra loro a ragionamenti ed a contrasti amorosi e non si prestando fede di quel che diceano si condussero a fermarlo con giuramenti. E Dafni, venendo al pino, giurò per la divinità di Pane che mai non vivrebbe un giorno senza la Cloe; Cloe, menando Dafni alla grotta delle ninfe, giurò che vivrebbe e morrebbe insieme con lui. Ma la Cloe semplicetta come sogliono le fanciulle, nell'uscir dalla grotta s'immaginò di non esser secura abbastanza se ad altro giuramento non lo stringeva; laonde cosí gli disse:

— Dafni, il tuo Pane è molto femminiero per che io non mi posso stare securamente a lui. Egli fu innamorato della Piti, amò la Siringa, molesta tutto il giorno le driadi, non cessa di sollecitar Epimelide. Per questo se tu non osservassi il tuo giuramento egli non curerebbe di punirti dello spergiuro, sebben tu andassi a piú femmine che non sono le canne di questa sampogna. Voglio dunque che tu mi giuri per questa tua greggia, e specialmente per quella capra che fu tua balia, di mai non abbandonar la Cloe finché ella amerà te solo ed a te solo sarà fedele. E se ella mai vien manco a te ed a queste ninfe, allora io voglio che tu la fugga, che l'abbi in odio e che l'ammazzi come un lupo.

Dafni, avendo piacere di non aver seco credito, recatosi in mezzo della sua torma e presa da una mano la capra e dall'altra un becco:

— Giuro — disse egli — che io amerò la Cloe mentre ch'ella amerà me e se mai per altri mi diporrà, che io ammazzerò colui che mi sarà preposto, e non lei.

Di che la Cloe prese allegrezza credendo, come fanciulla e pastorella ch'ella era, che le capre e le pecore fossero de' pecorari e de' caprari i propri dèi.

RAGIONAMENTO TERZO

Giunta a Metellino la nuova dell'armata de' metinnesi, poscia rapporto loro da quelli che fuggivano la preda fatta, deliberarono ancor essi per vendicarsi della ricevuta ingiuria d'avanzarsi a muover l'armi incontra loro; ed incontanente, messi insieme da tremila targhe e cinquecento cavalli, gli spedirono a' danni loro, sotto la condotta del capitano Ippaso, per la volta di terra, non volendo per téma della tempesta avventurarli per mare.

Uscito Ippaso alla campagna, non curò di dare il guasto al territorio de' metinnesi, non di far prigioni agricoltori e pastori o di predare o danneggiare gli armenti e li poder loro, stimando che ciò fosse cosa da corsaro piú tosto che da capitano; ma, spingendo frettolosamente le sue genti alla volta della città, s'avvisò, trovando le porte sfornite di guardia, che venisse lor fatto di pigliarla d'improvviso. E, marciato avanti presso a dodici miglia, si fece loro incontro un trombetta de' nemici, con pratiche d'accordo. Percioché i metinnesi, inteso ch'ebbero da' prigioni che a Metellino di ciò ch'era avvenuto nulla si sapeva ma che lo scandolo era nato da' contadini e da' pastori che aveano i lor giovani ingiuriati, di sí precipitoso ardire contra i lor vicini pentitisi, si affrettavano di restituir loro la preda fatta, non facendo poi caso di venir con essi alle mani e per mare e per terra. Spacciò Ippaso il medesimo messaggiero a Metellino, quantunque per se stesso avesse autorità di disporre di tutte le occorrenze di quella guerra, ed esso, accampatosi con le sue genti poco piú d'un miglio lontano a Metinna, si stette aspettando la risposta della sua città; e due giorni dipoi giunse un capitano di Metellino con ordine che, ripigliandosi la preda che gli restituivano, indietro se ne tornasse; percioché, avendo innanzi il partito o di combattere o di pacificarsi, a quel che metteva lor meglio attenendosi, la pace elessero. Ed a questa guisa la guerra fra Metellino e Metinna, come a caso ebbe principio, cosí si risolvette.

Sopravvenne frattanto lo 'nverno che a Dafni ed alla Cloe fu molto piú gravoso che la guerra, percioché, cadendo subitamente di molta neve, ricoperse tutte le vie, racchiuse nelle lor stanze tutti i contadini, i rivi divennero fossati, gli stagni si fecero ghiaccio, la terra non si vedea in nessun loco, salvo che intorno alle fontane, per che nessun pastore cacciava a pascere, nessuno usciva delle porte ma tutti intorno a gran fochi si stavano il giorno, e la sera a veglia fino al cantar de' galli; altri a filar lino, altri a lavorar velli di capra, altri a far lacci e vari ingegni da pigliare uccelli; governavano i buoi nelle stalle con la paglia, le capre e le pecore nelle capanne con la fronda, ed i porci nelle stipe li con la ghianda. E cosí stando, avvenga che come assediati vivessero, gli altri tutti se n'allegravano come quelli che allora avevano pur qualche riposo della fatica e, la mattina a buon'ora pranzando, sciolvendo, e la notte lunghi e riposati sonni dormendo, tenevano lo 'nverno per piú dolce stagione che la state, che l'autunno e che la primavera stessa.

Ma la Cloe e Dafni, degli avuti diletti rammentandosi, come si baciavano, come s'abbracciavano, come magnavano e beevano insieme, non dormivano mai tutta notte: si voltolavano per il letto, si rammaricavano, si struggevano ed aspettavano la primavera come se, morti, in quella dovessero a novella vita tornare. Era lor cagion di dolore o che s'abbattessero al zaino con che portavano da magnare, o che vedessino la fiasca o la ciotola con che beevano, o che trovassero la sampogna oziosa che aveano ciascuno di essi avuta dal suo amante in dono; pregavano le ninfe, si votavano a Pane che da quegli affanni li liberassino e che a loro ed alle loro greggi mostrassero il sole, e coi voti e coi prieghi insieme s'argomentavano di trovar qualche compenso a potersi rivedere.

Ma la Cloe, semplicetta e povera di consiglio, non sapeva che partito si prendere, né manco il potea, avendo tuttavia d'intorno quella che per madre si tenea, la quale, insegnandole di pettinar la lana, di filare e di far cotali altre bisogne, le stava presso ragionandole sovente, come si suol fare con le fanciulle, di darle marito. Dafni, trovandosi scioperato, come quello ch'era assai piú di lei scaltrito e risicato, tentò con questa industria di vederla.

Era davanti alle stanze di Driante un cortile, a' pié del cortile due gran piante di mortella, a' pié delle mortelle un'ellera antica e cespugliosa molto; stavano le piante l'una poco distante dall'altra, e tra l'altra e l'una stendeva l'ellera le sue braccia in somiglianza d'una vite, con le sue vermene e con le foglie tessute e consertate in modo che facevano come una grotta, a cui d'ogn'intorno pendevano di gran pannocchie di corimbi a guisa che pendono i grappoli dell'uve per le pergole. A questo loco conveniva una gran moltitudine d'uccelli vernarecci, non trovando per terra da viver di ruspo, né per gli alberi di coccole, né d'altro cibo d'altronde; per che sempre d'intorno vi si riparava un nugolo di merle, di tordi, di palombi, di storni e di tutti quegli uccelli ch'attraggono all'ellera.

Prese Dafni l'occasione di questo loco e la scusa d'uccellarvi, ed uscí fuora con la sua tasca piena di bericuocoli melati e, per dar maggior fede d'uccellatore, portò seco i lacciuoli, la pania, i vergoni, le ragnuole e tutt'altro che faceva mestiero. Era il loco lontano da dove egli stava poco piú d'un miglio; durò nondimeno gran fatica a condurvisi, sendo le strade rotte e guazzose per la neve che non era ancor finita di struggere. Amor tuttavolta ispiana ed agevola ogni aspro e faticoso sentiero, e non che la neve ma né 'l mare né 'l foco gli averebbe il suo corso impedito. Correndo dunque ne venne al cortile e, dopo scossa la neve da' piedi, tese le ragnuole ed i lacciuoli e, messi i panioni, si pose in disparte a sedere, attendendo gli uccelli e la Cloe, se per avventura a uscio o a finestra s'affacciasse. Degli uccelli ve ne vennero assai, e buona parte impaniati, accappiati ed arreticati vi restarono talmente che non potea supplire a pigliarli, a schiacciar loro il capo e pelarli. Ma nel cortile non uscí mai nessuno, né uomo né donna, neppur un uccello casalingo, percioché tutti si stavano dentro rinchiusi accanto al foco.

Laonde il garzonetto, cominciando a sentire che rovaio gli bruciava il capperone, già tutto assiderato e disperato di vederla, come se quelli suoi uccelli poco felice augurio gli facessero, prese ardimento di voler sotto qualche scusa entrare in casa, e cercava fra se stesso di che dire che piú facilmente si credesse. — Son venuto per del foco. — Non avevi tu piú presso vicinato che 'l nostro? — Son venuto per del pane. — Oh, la tua tasca è piena! — Ho bisogno di vino. — Voi ne riponeste pure assai. — Fuggiva un lupo, che mi veniva dietro. — E dove son le pedate del lupo? — Son venuto per uccellare. — Uccellato che tu hai, perché non te ne torni? — Voglio veder la Cloe. — E chi direbbe mai questo al padre ed alla madre di lei? E fanciul nessuno non ci capita. Ma nulla di queste cose posso fare senza dar sospetto. Che farò dunque? Starommi cheto per lo migliore, e vedrò poi la Cloe a primavera, posciaché la mia sventura non vuole che questo inverno io la veggia.

Queste e simili cose fra se medesimo bisticciando, e raunando gli uccelli ch'avea presi, già si metteva per via d'andarsene, quando avvenne (quasi fatto Amor di lui compassionevole) che, dentro da Driante pranzandosi e data a ciascuno la sua parte della carne, mentre che si metteva il pane e si mesceva a bere, un mastino guardian di pecore, vedendo che Driante baloccava altrove, li levò il suo pezzo dinanzi e fuggissene fuori. Driante, crucciato (percioché gli era la sua parte), con un randello in mano gli corse dietro per l'orme, anch'egli come un cane e, giunto vicino all'ellera, vide Dafni che già s'accollava la caccia per andarsene. E vistolo, per allegrezza, e del cane e della carne dimenticatosi, gli si fece avanti con grandissime accoglienze: «O Dafni», gridando, «come sei tu qua? Che vai tu quinci oltre facendo? Tu sia il ben giunto, figliuol mio». Ed abbracciatolo e baciatolo piú volte, lo condusse per mano in casa. E, visti e salutati che si furono, di nuovo in terra s'assisero; ma 'l farsi motto e 'l baciarsi gli puntellaron tanto che in quel mentre pur stettero in piedi.

Dafni, fuor d'ogni sua speranza veduta e baciata ch'ebbe la Cloe, s'assise accanto al foco e, rovesciati sopra il desco tutti gli uccelli che avea presi, cominciò a raccontar loro come per fuggir la noia di star racchiuso e per non marcir nell'ozio era venuto per uccellare, come gli uccelli eran quivi calati per trovarsi di molte coccole, e come parte alla pania, parte a' lacciuoli e parte alle ragnuole n'eran restati. Gli altri tutti gli stavano d'intorno e, meravigliandosi e di sí lontana impresa lodandolo, l'accarezzavano, lo invitavano a magnar di quel che c'era e delli rilievi del cane, comandando alla Cloe che gli mescesse bere. Ella, di ciò allegra ma nel viso alquanto acerbetta, porse ber prima a tutti gli altri che a lui, facendo le viste d'esser seco adirata che se n'andasse senza vederla; pure, avanti che gliene porgesse, ne gustò anch'ella un sorsetto. E Dafni, benché assetato, bevve adagio, assaporando a ciantellini, per allungarsi con quello indugio il piacer di vederlasi avanti.

Era già la mensa sgombra di pane e di companatico e, sedendosi e ragionando come si suole, gli dimandavano:

— Come la fa Lamone? Come sta Mirtale? Beati loro, che hanno te per sovvenitore e per sostegno della loro vecchiaia!

Allegravasi Dafni di queste lodi per la presenza della Cloe, ma piú s'allegrò egli quando lo sforzarono a restar con esso loro per lo sacrificio del giorno seguente; che, per l'allegrezza che n'ebbe, poco men che non adorò loro invece di Bacco; e, cavandosi della tasca i suoi bericuocoli, volle che gli uccelli ch'avea presi per la cena s'apparecchiassero. Venne il secondo bere ed accesesi il secondo foco, e già fatta notte cenarono, e dopo molto favoleggiare e molto cantare, sendo ora di dormire, la Cloe se n'andò a letto con la madre, e Dafni con Driante. Ma la fanciulla di nulla prendeva diletto, pensando che 'l giorno di poi Dafni si partirebbe. Dafni si pigliava un piacer vano, parendogli un bel che di dormire col padre della Cloe; e la notte l'abbracciò e baciò piú volte, sognando d'abbracciare e di baciar la Cloe.

Fatto giorno, si mise un gran freddo, con una borea che ogni cosa bruciava; ed essi, levatisi, sacrificarono a Bacco un montone d'un anno e, acceso il foco, lo preparavano per lo pranzo. In questo mentre, essendo la Nape occupata a fare il pane e Driante a cuocere il montone, i giovinetti veggendoli infaccendati se n'uscirono a pié del cortile alla grotta dell'ellera e, di nuovo tendendovi i lacci e ponendovi i vergoni del vischio, molti uccelli pigliando e molte volte baciandosi, cosí amorosamente ragionavano:

— Cloe, io son venuto qui per tuo amore.

— Dafni, io lo so, e te ne ringrazio.

— Per tuo amore ammazzo io questi poveri uccelli.

— Ed io che farò per amor tuo?

— Mi basta che tu ti ricordi di me.

— Me ne ricordo tuttavia per le ninfe, che altra volta io ti giurai.

— Quando ci rivedremo noi insieme nella grotta?

— Tosto che la neve sarà dileguata.

— Oimè! Che la neve è tanta, che mi dileguerò prima io.

— Non dubitar, Dafni, che 'l sole è caldo.

— Dio volesse che fosse cosí caldo come 'l foco del mio core!

— Sempre non farà questo cattivo tempo.

— Cattivo è egli quando io non ti veggio.

Cosí dicendo, e l'uno all'altro in guisa d'eco rispondendosi, sentiron voce che dentro da Nape li chiamava; onde, baciatisi prima una volta alla sfuggita, se ne corsero subitamente in casa, portando assai maggior caccia che quella del giorno passato, ed offerto a Bacco una gran tazza, tutti dell'ellera inghirlandati, col montone fecero insieme un'allegra gozzoviglia.

E quando fu tempo che Dafni se n'andasse, empiutogli la tasca di pane e di buon catolli di carne, con gridari e con trescamenti bacchevoli comiato gli dierono, forzandolo a portare a Lamone ed a Mirtale tutti i tordi e li palombi che s'erano presi, come quelli che potevano a lor grado uccellare altre volte finché la 'nvernata durava e che l'ellera non mancava. Trovò poi Dafni altre vie d'esser con la Cloe, per non passare tutta la 'nvernata senza amore.

Già ricominciava la primavera, e la terra del bianco manto spogliata di verde si rivestiva, e 'l verde di varie verdure distinto e, dove era fiorito, di vermiglio, di candido, di giallo e d'altri colori era dipinto, quando tutti i pastori, ed i due pastorelli prima degli altri come quelli ch'erano da maggior pastore comandati, uscirono con le loro greggi in campagna. E primieramente correndo a salutar le ninfe, a riveder la grotta, a far riverenza a Pane a visitare il pino, di sotto all'usata quercia a sedere si ricondussero, alla cui ombra, le greggi guardando e molto a tutte l'ore baciandosi, per lo piú tempo si riparavano. Indi, per gli dèi di ghirlande onorare, si dettero all'inchiesta de' fiori dovunque n'erano, e comeché d'essi (per aver di poco avuto il nutrimento di zeffiro e 'l caldo del sole) pochi ne fossero aperti, pur trovarono delle viole mammole, de' narcissi, delle terzanelle e d'ogni sorta fiori che di quella stagione sono primaticci. Di questi fecero ghirlande alle statue di Pane e di tutte le ninfe, e del primo latte che munsero altrettante ciotole empiute, e fioritele, lor medesimamente le dedicarono. Questo fatto, posero bocca alle sampogne, e sonando disfidarono i lusignoli che, intermesso per lungo spazio il cantare, quasi per rammemorarsi de' dimenticati accenti, pianamente entro le macchie cinguettavano, ed «Iti», prima sottovoce poscia piú scompitamente pronunciando, rispondevano.

Qua si sentivano belar pecore, là si vedevano saltar agnelletti e, per poppare, con un piacevol divincolamento alle materne poppe sottomettersi. I montoni dietro alle non pregne pecorelle correndo e per stanchezza fermandole, qual una e qual un'altra ne montavano. I becchi ancor essi le lor caprette seguivano ed, or facendo loro avanti cotai salti amorevoli, or per amor d'esse co' rivali questionando, ciascuno la sua propria si conquistava. Queste lascivie avrebbono, a vedere, fatto qual si fosse freddissimo vecchio sentir d'amore nonché i due baliosi ed accesi giovinetti, che di cogliere il frutto de' loro amori già tanto tempo cercavano; laonde sentendo piú s'accendevano, vedendo si disfacevano, ed ancor essi s'argomentavano di venire a quel che si fosse oltre al baciare e l'abbracciare, e specialmente Dafni, che nel soggiorno e nell'ozio di quell'invernata messe le prime calugini ed in succhio venuto, era come un torello gagliardo, perché, non piú potendo alle mosse contenersi, le s'avventava addosso a baciarla ed abbracciarla e, come quello che in ogni affare era piú astuto e piú risicato di lei, le domandava che s'arrecasse a compiacerlo di tutto che egli voleva e che si coricasse ignuda con lui piú soavemente che non erano soliti di fare, dicendo che, secondo la dottrina di Fileta, questo solo mancava a fare per compito rimedio dell'amore.

E domandando la Cloe:

— Dopo questi baciamenti, questi abbracciamenti e questi coricamenti, che sarà egli di piú? Coricati che ci saremo nudo con nuda, che pensi tu d'aver a fare?

— Faremo — rispose Dafni — quel che fanno i montoni alle pecore ed i becchi alle capre. Non vedi tu, dopo quel fatto, come elle piú non li fuggono ed essi piú non le seguono, ma che, quasi comunemente godendosi dell'avuto piacere, se ne vanno insiememente pascendo? Di certo, secondo che si vede, quella debbe essere una dolce cosa, poiché la smorza quell'amaro che turba la dolcezza d'amore.

— Sí rispos'ella — ma le capre, le pecore, i becchi ed i montoni lo fanno tutti ritti, e tu vuoi ch'io mi corichi e che mi spogli ignuda, dove essi hanno sempre le lor vesti addosso, e sono villosi e lanosi piú che non siamo noi?

Ma Dafni per sí fatta maniera la persuase ch'ella vi s'acconciò pure e, spogliatisi e coricatisi insieme, si giacquero avvinchiati per buono spazio, baciucchiandosi, aggavignandosi e voltolandosi pure assai; e dopo molto affanno, non venendo lor fatto quel che cercavano, trafelando e sospirando si disciolsero. Né guari stettero che, vedendo Dafni un montone che una sua pecorella amoreggiava:

— Guarda — disse alla Cloe che 'l tuo martino farà quello che non possiam far noi: pon' cura tu di secondare a tutti gli atti della pecora, ed io contraffarò quelli del martino.

E recatisi ambedue carpone, secondo che vedevano le bestiuole appressarsi, accarezzarsi e strofinarsi tra loro, cosí ancor essi s'appressavano, s'accarezzavano e si strofinavano, quasi temendo qual si fosse di quei punti, che indietro lasciassero, impedisse loro il compimento di tanto misterio.

Rizzandosi dunque il montone con le zampe dinanzi sopra la groppa della pecora, il buon Dafni si levava suso con le mani, e si serrava cotale alla svenevole su la schiena alla Cloe, e quando la bestia alzava uno zampino, egli ritirava una gamba; quando scontorceva il niffolo, egli stralunava gli occhi; quando fiutava, egli annasava; quando colpeggiava, egli batteva tutti i suoi colpi: ma dove il suo maestro colpiva sempre, egli non seppe mai dare nel bersaglio. Laonde piú confuso e piú disperato che ancora fosse stato, toltosi dall'impresa ed a seder postosi, cominciò dolorosamente a piangere e rammaricarsi, «oisé! gramo sé!» dicendo, ch'era nell'opere d'amore via piú scipito e piú balordo ch'un pecorone.

Ora udite quel che avvenne. Avea Dafni per vicino un certo contadino chiamato Cromi, un uomo attempato ed assai benestante percioché gli era lavoratore d'un suo poder proprio. Costui teneva a sua posta una cotal fanciulla, avvezza in cittade, il cui nome era Licenia, giovine vistosa scaltrita ed avvenente assai piú che a contadinanza non si richiedeva. Avea costei piú volte adocchiato il garzonetto percioché, e la mattina cacciando a pascere e la sera tornando, sempre davanti all'uscio le passava; e piacendole il pelo s'invaghí di lui sí fattamente che si dispose, potendo, goder del suo amore. E per adescarlo gli avea piú volte parlato, quando soletto s'era abbattuta a vederlo, e donatogli quando una sampogna, quando un favo di mèle e quando una pelle di cervo. Ma di scoprirgli il suo desiderio ancora non s'arrischiava, come quella che s'avvedeva ch'egli era innamorato della Cloe e lo vedea con esso lei molto alle strette.

Questo loro amore credeva ella per prima per gli andamenti, per gli cenni e per lo ridere che vedea lor fare; ma questo giorno che ignudi lotteggiarono, vedendoli, ne ebbe piena certezza. Percioché facendo sembiante con Cromi di voler visitare una sua vicina di parto, tenne lor dietro ed, appiattandosi appo una macchia di pruni per non esser veduta, udí tutto che dicevano, vidde tutto che facevano, infino al pianto e rammarichìo di Dafni. E secondo che le dettò la compassione di loro e 'l suo desideri o prese la doppia occasione di procurar parte la lor salute, e parte d'adempir la sua voglia ed a dover ciò fare usò questa astuzia. Ella finse il giorno di poi di visitare quella sua vicina altresí e, palesemente venendosene alla quercia dove l'amorosa coppia si sedeva, ansando e come tutta affannata:

— Soccorrimi, Dafni — cominciò di lontano a gridare —, ché l'aquila m'ha rapita un'oca, di venti che io n'avevo, la piú bella, la piú grassa e la migliore e per il soverchio peso non la potendo condurre in su quel cucuzzolo del monte, come suol far dell'altre prede, s'è gittata con essa a' piè di questa selvetta. Scampamela, Dafni, te ne prego per le ninfe e per questo Pane, se cosí ti scampino questa greggia dal lupo. Deh! sí, Dafni, vien' meco fin nella selva, ch'io non m'affido d'entrarvi sola. Io te ne prego, non tanto per lo scemo novero del mio branco, quanto perché non scemi del vostro; percioché, se ti venisse fatto d'uccider l'aquila, libereresti ancora gli agnelli ed i capretti vostri dalla sua rapina. Ed in questo mentre, la Cloe terrà cura della tua greggia ché, per esserti sempre compagna a pascere, le tue capre la dovranno conoscere e ubbidire.

Dafni, non pensando a che la cosa dovesse riuscire, incontanente salse in piedi e, presa la sua mazza, le tenne dietro. Licenia, menatolo quanto piú poté lontano dalla Cloe, e condottolo per un bosco foltissimo accanto a una fontana, ivi fattolosi a canto sedere, cosí gli disse:

— Dafni, io so che tu sei innamorato della Cloe percioché questa notte le ninfe me l'hanno rivelato, le quali, apparendomi in sogno, e dopo dettomi il tuo pianto di ieri, m'hanno imposto che io venga a te e che ti sovvenga al bisogno tuo rivelandoti l'opere d'amore, le quali non sono né baci né abbracciamenti, né quel che fanno i montoni ed i becchi, ma certi dimenamenti e certe tresche, con certe altre dolcitudini che vanno insieme, dove sono assai maggiori e piú lunghi piaceri. Ora, se t'è caro ch'io ti liberi da questi tuoi mali e desii di venire alla sperienza di quel diletto che tu vai cercando, vieni e porgimiti lieto discepolo e volentieri; ed io, per fare cosa grata alle ninfe, son qui presta per insegnarloti.

Dafni per allegrezza non lasciò che piú oltre dicesse e, come rustico, capraro, innamorato e giovine ch'egli era, gittatolesi a' piedi come se gli avesse avuto ad imprendere qualche misterio grande e venuto veramente da Dio:

— Anzi questo cercavo io — le disse — e ti prego che senza indugio tu mi mostri questo secreto, e darottene un capretto, un paniero di caci freschi del primo latte ch'io munga ed una capra, la piú lattosa che io abbia.

Licenia, trovando in costui tanta larghezza quanta da un capraro non attendeva, lo prese in questa guisa ad imbarberescare. Ella primieramente gl'impose che, cosí come si vedeva, le s'accostasse e che la baciasse come e quante volte soleva baciar la Cloe, e che cosí baciandola l'abbracciasse e si coricasse in terra con esso lei. Accostatolesi, baciatola e coricatoseli a canto, ella riprese a dire:

— Ora, Dafni, pensa che tu sia un torello e che io sia una giovenca: ci abbiamo ad appaiare insieme e lavorare un podere. Io metterò il campo e l'aratro, e tu 'l vomero e 'l pungetto e 'l seme a mezzo. Io metterò il giogo al collo a te, e tu a me in questa guisa — ed abbracciaronsi.

— Tu t'arrecherai su questo aratro cosí, ed io cosí — ed, aperte le gambe, s'acconciò come dovea stare. — Il vomero ha da passare per questo mezzo — e, toccandolo, lo trovò fermo e ben fendente. — Ora — diss'ella — tu ti stringerai a me, ed io a te; e non uscir mai di questo solco — e miselo per quella via che cercava. — E s'io mi discostassi tanto che 'l vomero non s'affondasse nel solco mi darai con questo pungetto cosí dietro — e presali la mano la si recò sulla groppa. — Il rimanente t'insegnerà il naturale, che sarà nostro bifolco.

A questo modo accoppiati, ella coll'aratro quando sollevato e quando per terra, ed egli quando col vomero e quando col pungetto, andaron tanto innanzi e 'ndietro, che compirono di lavorare e di seminare una porca. Dafni, appreso ch'ebbe il modo dell'arare, come quello ch'era semplicetto e pastore, temendo non per indugio se ne dimenticasse, si mosse incontanente a correre per metterlo in opera con la Cloe; ma Licenia, postagli la branca addosso:

— Dafni, a bell'agio! — gli disse. — E' ci sono ancora degli altri punti a sapere, perciochè tu non hai fino ad ora tutto lo 'ntero dell'arte, né manco la pratica di quanto io t'ho insegnato. Imperò sarà bene che, per ammassicciarti meglio, noi lavoriamo ancora un'altra porca.

Il buon garzone se ne mostrò contento e di nuovo tornando a rinsolcare, come quello che si trovava buon naturale, recitò la lezione che non ne lasciò punto indietro. Poscia disse Licenia:

— Ora attendi al secreto. Io, che già son femmina ed ho piú volte arato e seminato il mio campo senza punto d'affanno e con sommo mio piacere, t'ho mostrato testé questo lavoro, perciochè piú tempo fa ch'io l'apparai da quel bifolco che mi ruppe la prima volta il mio sodo e per premio n'ebbe le prime rose del mio giardino. Ma non avverrà già cosí a te con la Cloe, quando tu vorrai seco questo lavorío, percioché la prima volta strillerà, piangerà, ti parrà di trovarti in un pantano di sangue, come se tu la svenassi, avvegnaché il vomero intopperà fra certi radiconi che a lei sarà un grande affanno a tirare innanzi. Ma tu non guardare a questo: dàlle pure del pungetto, come t'ho mostrato, e spingi tu innanzi da te, e non ti smagar del sangue; ché, rotto che tu avrai, da quindi innanzi farete sempre buona maggese. E quando ella sarà disposta a far questo lavoreccio teco, conducila a questo loco, accioché gridando non sia sentita, piangendo non sia veduta, insanguinandosi a questa fonte si possa lavare. Ora va' sicuramente; e, quando tu avrai rotto il sodo alla Cloe, mi presterai poi qualch'opera a rinsolcar la mia maggese: e ricòrdati ch'io t'ho fatto bifolco innanzi alla Cloe.

Mostro che egli ebbe Licenia questo misterio, come se la cercasse ancor dell'oca, per altra via se n'uscí della selva e Dafni, riandando ciò ch'ella detto gli avea che facesse con la Cloe, per tenerezza di non guastarla, si rattenne da quel suo primo impeto d'assalirla con altro che col baciare e con l'abbracciare.

— La griderà — diceva egli; — adunque le farò io male. La piangerà: per certo si dovrà dolere. S'intriderà di sangue: non già; io non la ferirò, ché le ferite sono quelle che fanno sangue.

Cosí, fatto proponimento di non voler da lei salvo che i soliti piaceri, si trasse fuor della selva e, giunto dove ella sedeva tessendo una sua ghirlandetta di viole, finse d'aver scampata l'oca dagli artigli dell'aquila e recandosela in braccio, la baciò piú volte a guisa ch'avea fatto con Licenia nell'amorosa dolcezza, parendogli di poter far fino a tanto senza pericolo. Ed ella, presa la sua ghirlandetta, gliela pose in testa e baciògli quegli suoi capelli ricciotti, dicendo ch'erano piú belli che le viole; poscia, trattosi della tasca un rocchio di fichi e certi tozzi di pane, si posero a merenda e mentre che l'uno masticava l'altro gli rapiva il boccone di bocca, e cosí come due passerotti s'imboccavano. A questa guisa magnando e nel magnare amorosamente baciandosi, gittarono a un tratto gli occhi al mare e si videro navigar davanti una barca pescareccia.

Era il mare in calma e non tirando da niuna banda bava di vento facea mestiero ch'andassero a remi. E remigando di forza, per avaccio condurre il pesce ch'aveano preso a certi gentiluomini della città, prima che perdesse la grazia della freschezza, come sogliono i marinari per alleggiamento della lor fatica, vogando e cantando n'andavano. E nel cantare avevano tra loro un comandatore, che, a guisa di papasso stando in prua e dando il tempo del remo, era il primo ad imporre certe crocchie marinaresche ed imposto ch'egli avea tutti gli altri, al calar della sua voce, come un coro a voce pari, con la battuta de' remi rispondevano. E mentre ciò faceano, dove il mar d'ogni intorno era sfogato, quel lor canto, per l'ampiezza dell'aria dileguandosi, svaniva. Ma poscia che furono a dirimpetto d'un promontorio, entrando in un golfo concavo e lunato ed alle radici del promontorio cavernoso, le stesse voci rinforzarono sí che i pastorelli sentirono; e dal mare ispiccate e bene scolpite cadendo, di nuovo in terra si rimprontavano, percioché da un vallone che con esso golfo continuava, ricevute, e per alcuni ripercotimenti raggirate, e come per uno stromento riformate, rendevan voci rappresentatrici di tutte l'altre cose che sentivano, formando partitamente il suono de' remi dalle voci de' pescatori, che poscia, in un solo concento unendosi, faceano una dolce e dilettevol cosa a sentire; e tanto stava questa unione a finire in terra, quanto tardava a ricominciar nel mare.

Dafni, sapendo come il fatto andava, attendeva solamente al mare, pigliandosi piacer di veder quella barca quasi volare, argomentandosi d'imburchiare qualcuna di quelle canzonette per metterla in sulla sampogna. Ma la Cloe, che non prima che allora seppe che cosa si fosse eco, si volgeva quando al mare, guatando i marinari e quello che imponeva il canto, e quando a terra, mirando la selva e cercando di quelli che rispondevano. Ma, poiché i pescatori e la valle a un tempo si tacquero:

— Dafni — disse la fanciulla — di là da quel promontorio debbe essere un altro mare e un altro legno che navighi, e altri marinari che cantino le medesime canzoni, e che medesimamente si rispondano e parimente si tacciano.

Il giovinetto, udendola, rise dolcemente, d'un dolcissimo bacio baciandola e, della ghirlanda di viole incoronandola, le prese a raccontar la favola d'Eco, chiedendogliene prima in guiderdone dieci altri baci. E cosí disse:

— E' sono, bella fanciulla, di molte sorta ninfe: le cantatrici, le boscarecce, le palustri, le quali tutte sono musiche. D'una d'esse fu figliuola Eco che, nata di padre mortale, era mortale; nata di bella madre, era bellissima. Fu allevata con le ninfe, e le muse le insegnavano a sonar la sampogna e porre in essa tutti i suoni della lira, tutti quelli della cetera, in somma ogni sorta di canto. Ed essendo in sul fiore della sua verginità ballava con le ninfe, cantava con le muse; ed amando la sua stessa verginità era selvaggia e schiva di tutti i maschi, e degli uomini e degli dèi. Pane, della sua musica invidioso e della disdetta del suo amore isdegnato, divenutole nemico, mise tanto furore ne' petti dei pastori e de' caprari incontro a lei che, come cani e come lupi avventandosele, la scerparono e sbranaron tutta e, mentre che ancora cantava, ne sparsero i pezzi per tutta la terra. Raccolse essa terra, per compiacere alle ninfe, tutti i suoi canti e fece conserva della sua musica, ed a lor grado in certi luoghi manda la sua voce fuora, la qual, come facea allora la vergine, cosí ancora adesso contraffà tutte le voci degli dèi, degli uomini, degli stromenti, delle fere e di Pane stesso mentre che suona. Egli, sentendola, salta e correle dietro pe' monti non tanto per vaghezza d'averla quanto di trovare chi sia che nascosamente imburchi le sue sonate.

Mentre che Dafni a questa guisa favoleggiava, Cloe gli andava ad ora ad ora appiccando qualche baciozzo, ed Eco replicava quasi tutto ciò che diceva, come se la volesse far fede che di nulla mentiva. Finito ch'ebbe, gittataglisi in braccio, lo baciò non che dieci volte, ma molte volte dieci, e baciandolo facea scoppio, per piacere di sentir Eco, che ancor ella baciava.

Il sole ogni giorno piú sormontava e 'l caldo cresceva perciochè finita la primavera cominciava la state, e gli amorosi pastorelli d'altri estivi sollazzi si procacciavano. Dafni notava pe' fiumi, la Cloe si lavava per le fontane; egli sonava a contesa co' pini, ella cantava a gara co' lusignuoli; insieme cacciavano pe' grilli, pigliavano delle cicale, coglievano de' fiori, scotevano gli alberi, magnavano le frutte. Già s'erano alcuna volta coricati ignudi, e postisi ambedue a giacere sopra una pelle di capra, e facilmente ne sarebbe la Cloe femmina divenuta se non che Dafni, dubitando del sangue e temendo non l'appetito lo trasportasse, non permetteva troppo spesso che la si spogliasse. Di che la Cloe forte si meravigliava ma non s'ardiva per vergogna di domandare la cagione.

Questa state ebbe la Cloe un gran numero di richieditori, e molti di molti lochi tenevano pratica con Driante di averla per moglie, dei quali altri lo presentavano ed altri assai cose gli promettevano. Nape, per le molte offerte molto sperando, consigliava che si dovesse maritare e che piú non si tenesse per casa, dubitando, poco piú che s'indugiasse che, pascendo, in qualche fratta o in qualche fossato lasciasse la sua verginità, e con quattro meluzze o con un mazzo di fiori si facesse marito un qualche male arrivato: dove, maritandola, si farebbe lei padrona di casa, ed essi ne trarrebbono di molti donativi per lasciare al lor proprio e legittimo figliuolo, percioché poco prima era lor nato un figliuolo maschio. Ma Driante, con tutto che le parole di Nape alcuna volta lo movessero, e piú li doni che gli si offerivano, promettendo ciascuno per sé cose maggiori che non si richiedevano a dare per una fanciulla guardiana di pecore, tuttavolta, considerando che la vergine era di piú alto merito che d'essere sposa di contadini e che trovandosi per avventura i veri parenti di essa ne sarebbono per sempre felici, intratteneva di giorno in giorno di dar loro risposta. Ed in questo mentre si beccava sú quei presenti che gli si davano.

Erasi quasi la Cloe avveduta di queste pratiche e ne stava oltremodo dolente, ma per non farne dispiacere al suo amante si teneva di dirgliene; pure all'ultimo, che Dafni la pregava e molto la stringea, conoscendo che piú dolore avea non sapendolo che non avrebbe avuto poiché saputo l'avesse, tutto gli aperse, dicendoli i richieditori che avea, quanti erano e come ricchi, la fretta che Nape faceva di maritarla, e le parole che ella avea dette, e come parea che Driante non le disdicesse; ma che la cosa si soprassedeva per insino a vendemmia. Di che Dafni fu per impazzare e gittandosi per terra pianse amaramente, dicendo di voler morire poiché perdea la Cloe; e non solamente egli, ma che le pecore una tal pastorella perdendo anch'elle ne morrebbono. Poscia, ritornando in se stesso, prese animo e pensò di voler persuadere al padre che a lui per moglie la desse e di mettersi anch'egli nel numero de' richieditori, avendo buona speranza d'andare innanzi a tutti. Solo una cosa gli dava noia: che Lamone non era ricco; e questo solo gli amminuiva la speranza. Tuttavolta si risolvé che fosse bene di richiederla a tutti i patti, ed alla Cloe parea altresí, ma per cioché egli non ardiva di farne parola con Lamone, avendo fidanza con Mirtale, a lei scoperse il suo amore e 'l desiderio d'ammogliarsi seco.

Mirtale la notte seguente conferí tutto con Lamone, il quale ebbe molto a male che di ciò si parlasse e le disse villania che pensasse di maritarlo con una contadina, sapendo ella la condizione del giovine per li contrassegni che ne tenevano, e che trovandosi i suoi parenti ne sarebbono per suo mezzo fuori di servitú e padroni di maggiori poderi che allora non aveano. Non parve a

Mirtale di dovere a Dafni rapportar la medesima risposta di Lamone, per timore che egli, veggendosi in tutto fuor di speranza, non si gittasse per soverchio amore a pigliare qualche duro partito della sua vita; imperò, finse altre ragioni diverse da quelle di Lamone, e cosí gli rispose:

— Figliol mio, noi siamo poveretti e di bassa portata, per che ci si conviene una nora che ci porti in casa ogni poca cosa di piú che noi ci abbiamo: costoro son ricchi, e vorranno un ricco genero. Ma fa' tu di persuadere alla Cloe, e che ella persuada a suo padre, che si contentino del poco che tu hai e ti piglino per marito e per genero. Per certo ch'ella, volendoti bene, doverà piú tosto voler te per marito cosí povero e bello ch'abbattersi in un qualche viso di bertuccia che sia ricco.

Cosí Mirtale, pensando che Driante, per aver piú ricchi richieditori, non dovesse mai consentire di maritarla con esso lui, si credette d'aver acconciamente tronca la pratica del maritaggio. Ma Dafni, non si potendo di tal risposta rammaricare, e da quel che desiderava molto discosto veggendosi, faceva come sogliono gl'innamorati poveri: si doleva, piangeva ed alle ninfe devotamente si raccomandava. Le quali una notte ch'egli dormiva gli si rappresentarono innanzi con quegli stessi abiti ch'abbiamo altra volta divisati, e la piú attempata di loro gli parlò in questa guisa:

— Dafni, delle tue nozze con la Cloe un altro dio ne tien cura: per quanto a noi s'appartiene, ti provvederemo di doni con che tu possa adescar Driante a consentirvi. La nave de' giovani metinnesi, il cui vinciglio fu già roso dalle tue capre, quel giorno medesimo fu trasportata dal vento molto da terra lontana, ma la notte seguente, mettendosi vento di pelago, verso il lito rispinta, urtò fra certe punte di scogli, dove tutta fracassatasi e rotto e perduto ciò che dentro v'era, si salvò solamente un sacchetto con tremila dramme che, scagliato dall'onde molto di lunge in sul lito, ivi ancora si giacciono ricoperte dall'aliga. Appresso è un morto delfino, il cui puzzo ha tenuto infino ad ora i viandanti che accostati non vi si sono. Va' tu dunque, ed appressaviti che le troverai e, trovate, ne le terrai ed al tuo bisogno te ne servirai, ché per adesso ti basteranno a non esser povero, e per l'avvenire si provvederà che tu sia ancor ricco.

E, cosí detto, insieme con la notte si partirono.

Fatto giorno, Dafni si levò sú tutto allegro e, spinte con gran fretta e con molti fischi le sue capre al pascolo, tosto ch'ebbe baciata la Cloe ed inchinate le ninfe, se ne calò verso il mare facendo le viste di volersi bagnare e, camminando per la rena lungo la riva, si diede alla cerca delle tremila dramme, le quali trovò senza molta fatica durare, perciochè non molto fu ito che s'incontrò nel morto delfino, dove il naso, prima che i piedi, lo condusse. Trovata ch'ebbe la carogna, non curando del puzzo d'essa le s'accostò, e sollevando di quell'aliga di mare, sotto cui pensava ch'appiattate si stessero, diede appunto d'un piede nel gruppo che cercava; ed oltre misura contento, presolo e cacciatolosi nel zaino, non prima si volle quindi movere che ringraziò le ninfe e benedisse il mare. Ché, avvenga che capraro fosse, non era però né ingrato né sconoscente, e teneva che 'l mare (come quello che gli era di giovamento alle nozze della Cloe) fosse di gran lunga piú liberal che la terra.

Poscia, senza piú indugiare, come se fosse il piú ricco uomo del mondo non che del suo villaggio, correndo verso la Cloe, subito che giunse, le raccontò il sogno e le mostrò il gruppo. E volendo la Cloe contarle, per vedere se erano millanta, Dafni non poté aver tanta pazienza, e raccomandatele finché egli tornava le sue capre, si mise a gambe per trovar Driante e, trovatolo che era con la Nape in su l'aia a battere il grano, gli si fece innanzi con gran baldanza, richiedendolo del maritaggio in questo modo:

— A me si vuol dar la Cloe per moglie, che so ben sonare e ben cantare, che so por viti, far nesti, piantar arbori, lavorar co' buoi e per insino a sventolare in su l'aia. Delle greggi quanto sia buon guardiano, la Cloe stessa ne sia testimone: e' mi furon già consegnate cinquanta capre, or son per la metà piú ed hovvi allevata una razza di becchi, i piú grandi ed i piú belli di questa contrada, dove prima per far montare le nostre capre li pigliavano in prestanza. Io son giovine, io vi son vicino, non sono scandoloso, e sono stato nutrito da una capra come la Cloe da una pecora, e come avanzo tutti gli altri d'ogni altra cosa, cosí ancora gli avanzerò di doni. Eglino vi daranno delle capre, delle pecore, un qualche paio di buoi rognosi e tanto grano che non fora appena bastante a spesare una covata di pollicini: io vi darò di buoni contanti, ed eccovi qui il danaio. Ma io voglio che voi non ne facciate motto con persona, né manco che Lamone mio padre lo sappia.

E scosso un tratto di sacchetto della moneta, senz'altro dire in un tempo gli rovesciò tutti nel grembiule alla Nape, ed abbracciò e baciò Driante. Il quale, veggendo tanto argento quanto non averebbe mai creduto di vedere, di presente gli promise la Cloe e prese assunto di fare che Lamone anch'egli v'acconsentisse. Dafni adunque, restando in su l'aia con la Nape, si mise a girare i buoi per la trita, perché si cavasse a tempo, e Driante, andato a riporre il gruzzolo dove stavano i contrassegni della fanciulla, se n'andò battendo a Lamone e Mirtale a chieder lor Dafni per risoluto sposo della Cloe.

E trovandoli medesimamente nell'aia a misurare orzo, ch'avean pur dianzi ventolato, li vidde molto sconsolati percioché n'aveano ricolto poco piú che la semenza; di che li confortò il meglio che seppe, dicendo loro che la ricolta era cosí scarsa per ognuno. Poscia venne a dire come egli e la Nape s'erano deliberati che la Cloe non avesse altro marito che Dafni e che, quantunque fossero per altrui profferte loro di molte cose, da essi nulla volevano, anzi che piú tosto vi metterebbero dell'aver loro, considerando che, per essersi insieme allevati e per aver pasciuto sempre insieme, era fra loro nata una certa domestichezza ed un'affezione che malagevolmente si potrebbe distorre, e che di già l'uno e l'altra eran d'età da non piú indugiare a maritarli; soggiungendo di molt'altre cose, che faceano a questo proposito di persuader loro cotal maritaggio, come ben parlante ch'egli era e come quello che per premio di quella diceria avea già toccato i suoi contanti.

Lamone, veggendo che Driante gli avea chiusi i passi di poterli ragionevolmente disdire, percioché non si potea piú scusare di non poterlo fare per cagione della sua povertà, sendo da loro non che rifiutato ma richiesto; né manco per l'età di Dafni, ch'era già fatto garzone; né volendo scoprire la vera cagione che lo moveva a non consentirvi, cioè che fosse di maggior parentado che loro, stando alquanto sopra di sé, cosí rispose:

— Voi fate certamente come discrete ed amorevoli persone che voi siete, anteponendo i vicini ai forestieri e non facendo piú stima dell'altrui ricchezze che della nostra buona povertà; di che Pane e le ninfe stesse ve ne rendano merito. Voi richiedete me di quello di che io dovrei pregar voi, e fammisi certo ognora mill'anni di farlo, ché ben sarei fuor di sentimento, poiché ormai son vecchio ed ho bisogno di molte mani a condurre i miei lavori, se io non volessi con la vostra casa imparentarmi. Ché solo questo mi pare assai, oltre che la

Cloe è una fanciulla molto faccendevole, bella ed avvenente e buona per ogni affare. Ma, percioché io servo altrui, non posso dispor di nulla mia cosa, se non di consiglio e di consentimento del mio padrone. Imperò facciamo cosí: soprassediamo il maritaggio a questo autunno che viene, ché a quel tempo il padrone visiterà la villa, ed allora si saranno moglie e marito. In questo mentre basta che noi gli impalmiamo e che eglino da fratello e da sorella si bacino. Ma solamente una cosa vo' che tu sappia, Driante: che tu ti procuri un genero di piú alto affare che non siam noi. Cosí detto, abbracciatolo e baciatolo, si fece recar la fiasca percioché era già nel colmo del caldo e, pòrtogli a bere, l'accompagnò gran pezzo di strada, mostrandogli a suo potere in ogni cosa cortesia ed amorevolezza. Spiccatosi Driante da Lamone, e parendogli che non senza proposito gli avesse nell'ultime parole la condizion di Dafni accennata, andava tra via pensando qual egli fosse, e diceva fra se stesso:

— Costui fu nutrito da una capra: per certo che ciò non può essere senza misterio degli dèi. È bello, è aggraziato, non tien punto di quel naso stiacciato di Lamone, né di quella testa calva di Mirtale. Era ricco di tremila dramme; che un capraro non si dee credere che potesse aver pur tremila nocciòle. Sarebbe mai che egli fosse stato gittato da qualcuno? Avrèbbelo mai Lamone trovato come io la Cloe? Eranvi forse seco contrassegni, come quelli ch'io trovai con la fanciulla? Se cosí fosse, o dio Pane, o graziose ninfe, potrebbe essere che ritrovandosi i parenti di Dafni si rinvenisse ancora la stirpe della Cloe.

Simili cose andò Driante fantasticando e conghietturando per insino all'aia, dove giunto e trovato Dafni, che tutto sollevato per intendere quello ch'egli avesse con Lamone operato, per genero chiamandolo e per l'autunno seguente le nozze promettendogli, buonissima speranza gli diede, ed appresso la fede gli porse che la Cloe mai d'altri sposa sarebbe che sua.

Dafni, tosto ch'ebbe questa novella intesa, senza piú altro fare e non pure aspettando il bere, si mosse correndo verso la Cloe e, trovandola a mungere e a far caci, dettole il buon pro del maritaggio promesso, rallegrandosi seco che la fosse sua moglie, la baciò palesemente e mise mano a faticarsi insieme con lei, a munger nel secchio, a rassodar le pizze e raddurre i capretti e gli agnelli sotto le madri. Dato a queste faccende ricapito, si lavarono, magnarono, bevvero, e poscia all'inchieta delle mature frutte si dettero.

Era di esse frutte una assai ricca stagione, e si trovava una gran dovizia di pere carovelle, di bergamotte, di ghiacciuole, di mele rose, di appiole, e di esse certe per terra giacevano, certe ancora per le piante pendevano. Le cadute piú odorose si sentivano, l'appiccate piú vigorose si vedevano, altre d'un odore di vino spiravano, ed altre d'un color d'oro risplendevano. Eravi per sorte altissimo melo tutto vendemmiato, e non aveva né pomo né fronda alcuna; tutti i suoi rami erano ignudi restati, e solo un pomo per avventura era rimaso in su la vetta d'un ramo, il piú alto che vi fosse, grande e bello oltramodo ed egli solo gittava tanto odore quanto tutti gli altri insieme non avrebbon fatto. Il coglitor d'essi, per paura d'arrischiarsi tant'alto, avea lasciato di côrlo, credo perché destinato fosse ch'alle mani d'un qualche innamorato capitasse.

Dafni dunque, tosto che 'l vide, si volle rampicar su per côrlo, e la Cloe, per paura che non cadesse, lo rattenne; ma poscia ch'ella, delle greggi ricordandosi, lasciato lui, se n'andò per rivederle, Dafni, ritornando a salir per il pomo, lo colse, e portatogliene a donare, percioché ella adiratetta anzi che no se ne mostrava, porgendogliene l'accompagnò con queste parole:

— Per te, fanciulla mia bella, questo bel pomo da questa bella stagione è stato prodotto, per te da sí bella pianta era stato nutrito, per te il sole l'avea maturato, per te la fortuna l'ha conservato: come potevo io dunque, avendo occhi, lasciarlo cader per terra perché il bestiame il calpestasse, perché qualche serpe l'avvelenasse o perché 'l tempo lo 'nfradiciasse, massimamente avendolo tu veduto e lodato? Questo fu il premio della bellezza di Venere: questo ti do io per merto della tua vaghezza. Uguali giudici avete ambedue: ella un pastore e tu un capraro.

Cosí dicendo, e 'l pomo baciando, in seno gliel mise, e la Cloe, tutta rasserenata, baciò lui dolcissimamente. Talché non si pentí d'essere a sí perigliosa altezza salito, avendone un bacio avuto che né 'l suo pomo, né se quel d'oro fosse stato, di gran lunga il valeva.

RAGIONAMENTO QUARTO

In questo tempo, venendo di Metellino un certo servo compagno di Lamone, portò nuova che 'l padrone pochi giorni avanti la vendemmia visiterebbe la villa per rifornirla, se in cosa alcuna, per il guasto de' metinnesi, di peggio la trovasse. Era di già passata la state, e cominciava l'autunno, perché Lamone, di corto aspettandolo, si diede ad assettar le stanze e tutto il podere sí che, quando venisse, di ciò ch'egli vedea diletto prendesse.

Purgò le fontane, perché l'acque fossero limpide, sgombrò lo stabbio della corte perché lo puzzo non lo noiasse, coltivò tutto il giardino perché vago, dovunque guardava, gli si porgesse. Era questo suo giardino, ad uso de' regali, bellissimo e dilettoso, d'una lunghezza di braccia trecento e di larghezza di dugento. Di sito posto sopra un poggio elevato ed arioso, ed esso per lo lungo a modo d'un gran piano si distendeva. Era tutto d'alberi pieno, di mela, di mortelle, di pera, di granati, di fichi, d'olivi e di altri di questa fatta. Avea dall'un delli lati un albereto ed a ciascun albero una vite altamente maritata si distendeva sopra le piante delle mela e delle pera dove maturando l'uve con essi i pomi contendevano, e questi tutti erano domestici.

Eranvi poi de' cipressi, degli allori, de' platani, de' pini, e sopra ciascuno di essi invece di vite un'ellera s'abbarbicava, la quale con molte pannocchie di corimbi, a gara con l'uve negreggiando, pareva che i maturi grappoli contraffacesse. Nel mezzo dunque venivano a star le piante fruttifere, e di fuori le non fruttifere come un serraglio l'attorniavano, ed ancora intorno a queste una picciola siepe correva. Aveano questi alberi i lor pedali tutti spartiti, e lontano l'uno dall'altro, ma nell'alto i rami si toccavano e s'inframmettevano insieme, insertando le chiome talmente ch'avvenga che cosí di natura tessute fossero, parevano pure ad arte intrecciate. Eranvi ancora diversi compartimenti di fiori; altri dalla natura prodotti, ed altri dall'arte trasposti. Gli artificiosi erano come le rose, i giacinti, i gigli; i natii come le viole, i narcissi e le terzanelle: insomma v'erano l'ombre della state, i fiori della primavera, le delizie dell'autunno e tutti i frutti di tutte le stagioni. Avea una veduta bellissima che scopriva di sopra una larga pianura, per onde si vedevano pastori assai ed animali che pascevano; scorgevasi il mare ed i marinari che navigavano, e questa era una delle dilettose parti del giardino. Nel mezzo della lunghezza e della larghezza di esso era un tempietto sacrato a Bacco, il cui altare era circondato d'ellera, siccome il tempio di viti. Dentro di esso tempio erano dipinte tutte le istorie di Bacco, il parto di Semele, il seggio di Arianna, Licurgo legato, Penteo smembrato, la vittoria contro gli etiopi, la trasfigurazione de' tireni, e per tutto satiri che scherzavano, bacche che saltavano, e Pane che sopra un sasso sedendo parea che comunemente sonasse a quelli che pigiavano e a quelli che saltavano.

Questo tal giardino coltivando Lamone, tagliava quel che v'era di secco, sollevava i capi delle viti, radeva i viali, spianava, nettava, e di tutto che mestiero gli facea lo rabbelliva. Avea l'acqua per una fontana che Dafni avea già trovata per uso de' fiori, ed avvenga che pe' fiori servisse, pur del nome di Dafni si chiamava. Inoltre comandò Lamone ad esso Dafni che facesse ogni opera per ingrassare le sue capre percioché il padrone s'incontrerebbe in qualche loco a vederle, di che egli, sperando di doverne lode acquistare, tutto contento si stava percioché n'avea la metà piú di quelle che da prima consegnate gli furono. Il lupo non glien'avea mai scemata pur una del novero, e di grassezza ancor le pecore avanzavano; pur nondimeno, per farsi il padrone ancora piú favorevole alle nozze, vi poneva una cura ed una sollecitudine assai maggior che non soleva: le cacciava la mattina a pascere a miglior otta che prima; in sul mezzodí le rimenava, e due volte il giorno l'abbeverava; menavale a certe pascione sciolte fra macchie e greppi, dove fossino delle corbezzole, del timo selvatico, e per boschetti di querciuoli e di leccetti di che elle volentieri si pasturano; procacciava de' secchi nuovi, di cestole assai, di panieri grandi piú dell'usato. E tanto era intorno alle sue bestiuole invaghito che le lavava, le pettinava, le forbiva, ungeva lor le corna perché rilucessero, intrecciava loro i velli perché ondeggiassero, talché chiunque vedute l'avesse la propria gregge di Pane avrebbe creduto che fosse. E perché la Cloe s'affaticava anch'ella a governarle insieme con lui e dismettendo la cura delle sue pecore attendeva a quelle piú volentieri, s'avvisava Dafni che da lei venisse che sí belle paressero.

Mentre che eglino in queste faccende occupati si stavano, sopravvenne dalla città un altro messaggiero, con ordine che tosto si mettesse mano a vendemmiare e di star quivi tanto che 'l mosto si riponesse, poscia di ritornarsene alla città, per ritornare in compagnia del padrone. Fu Eudromo (ché tale era il nome del messo, percioché fece l'arte del corriero) ricevuto da loro con tutte quelle accoglienze che poteron mostrargli maggiori, e incontanente si dettero a vendemmiare, attendendo altri alle corbe, altri al tino ed altri alle botti, e certi a ripor dell'uve in su' tralci stessi, perché quelli che venivano dalla città, come d'una seconda vendemmia, diletto n'avessero. E dovendo già Eudromo partirsi per levare il padrone, Dafni, oltre a piú altre cosette che date gli avea, gli donò forme di cacio ben premuto, un caprettino degli ultimi piú teneri, il piú grasso che avesse, ed una bianca e folta pelle di capra per un boricco da correr la 'nvernata; di che Eudromo si tenne molto contento e 'n sul partir, baciandolo, gli promise che direbbe al padrone assai bene di lui, e tra via andava pensando come gli potesse venir fatto di ristorarlo.

Dafni si restò pieno d'affanno e di desiderio insieme con la sua Cloe, ch'ancor ella stava molto timorosa pensando come il garzonetto, usato solamente a veder capre e monti e contadini, e non conversar con altri che con la Cloe, dovesse star la prima volta in cospetto del suo padrone di cui appena allora avea sentito ricordar altro che 'l nome. Per cagior di lui dunque si metteva pensiero di come s'avesse a portare in questo suo primo incontro con esso lui, perciochè le s'aggirava per la fantasia un uomo grande, d'altra presenza e d'altri pensieri che non sono gli altri uomini. E stava nell'animo sospesa delle nozze, dubitando non questo suo maritaggio fosse come uno intrattenimento di sogni: laonde si baciavano e si abbracciavano piú spesso che non solevano, ma i loro baci ed i loro abbracciamenti erano mescolati con una certa timidezza e con una amaritudine, come se già fossero in cospetto del padrone e si peritassero o si ascondessero da lui.

Ed in questo tempo sopravvenne loro un disordine che li riempié di paura e di disperazion maggiore. Era appo Driante, tra li richieditor della Cloe, un certo Lapo bifolco, giovine molto insolente il quale, sollecitando anch'egli le nozze di lei, l'avea molte volte e di molte cose presentato. Costui, avendo sentore che Dafni, per via del suo padrone (se egli in qualche maniera non gli s'attraversava) era agevolmente per ottenerla, cercò modo di distornar la cosa e di metterlo in disgrazia e, sapendo che egli, come i nobili sogliono, era del suo giardino assai vago, prese partito a suo potere di disertarlo. E conciosiaché, tagliando le piante, vi potea per il sonar de' colpi esser incòlto, deliberò di dare il guasto a' fiori ed attesa la notte, al giardino andatone e per la siepe salitovi, di quanti ve n'erano, o svegliendoli o svettandoli o calpestandoli, non altrimente che un porco grufolando e voltolandosi avrebbe fatto, quello strazio ne fece che per lui si poté maggiore e, senza esser da persona scoperto, andò via.

La mattina seguente, venendo Lamone al giardino ed alla fontana per annaffiarli e veduta la strage d'essi tale che qual si fosse stato nemico ladrone avrebbe per pietà temuto di farlo, squarciandosi per dolore i panni del petto, si mise talmente a mugghiare e rammaricarsi incontro agli dèi che Mirtale, sentendo e ciò che tra mano avea lasciando, corse giuso, e Dafni, cacciatesi le capre innanzi, con gran fretta rimontò l'erta. E veduta tanta sconfitta, tutti insieme gridavano e gridando dolorosamente piangevano, cosí per la ruina de' fiori come per paura che del padrone aveano; benché gli strani ancora per compassione avrebbono pianto. Era tutto quel loco scompigliato, scalfitto e divenuto fangoso e pieno di pultiglia e, se fiore alcuno era da tanta rovina per avventura scampato, ancora colorito, ancora splendido si vedea e, cosí calpesto e malmenato, era ancor bello; e suvvi di molte pecchie posate si vedevano che con un lor pietoso ronzare pareva che con essi insiememente piangessero.

Mirava Lamone con gran stupore e con grandissimo affanno tanta mortalità di fiori, e piangendo gridava:

— O rosario sconfitto, o giardin mio deserto! o giacinti, o narcissi! O malvagio, o spietato uomo che tale oltraggio vi ha fatto, ed a tanta miseria mi ha condotto! Oimè! che verrà la primavera, e non fiorirete; verrà la state, e non vigorirete; sarà l'autunno, e nullo incoronerete. E tu, Bacco crudele, come non ti sei tu mosso a compassione di questi miseri fiori, tra' quali tu soggiornavi, li quali tu vagheggiavi, de' quali io tante ghirlande t'ho fatte? O giardin malarrivato, come ti mostrerò io al mio padrone? con che animo ti vedrà egli? O vecchio sfortunato! Questa è la volta ch'egli ti fa impiccare a un di questi pini come Marsia. Oimè! che forse farà impiccare ancor Dafni, pensando che ciò sia maleficio delle sue capre.

In questo dire cominciarono tutti di nuovo un dirottissimo pianto, con rammarichii e battimenti di mani, come se già morti si tenessero percioché non piú de' fiori ma delle lor persone piangevano. Piangea la Cloe dogliosamente:

— Oimè! che m'impiccheranno il mio Dafni.

E già, non che desiderasse la venuta del padrone, ma pregava che piú non venisse, e stava tutto giorno in angustia ed amaritudine per paura del suo Dafni, che le pareva d'ora in ora vederlo scopare. La sera in su l'abbuiarsi, eccoti Eudromo che torna, dicendo che dopo tre giorni aspettassino il padron vecchio e che 'l giovine suo figliuolo vi sarebbe il giorno seguente. Per che tutti insieme, ristringendosi a deliberar sopra quanto era avvenuto, chiamarono Eudromo per lor consigliero; il quale, come molto affezionato di Dafni, diede lor per consiglio che conferissero prima il caso col padron giovine, con cui egli prometteva d'operarsi a beneficio loro, come quello che per essersi seco allevato gli parlava molto a fidanza, ed avea la sua grazia.

Piacque loro il parere d'Eudromo, e la mattina seguente cosí fecero. Percioché venne Astilo (cosí si chiamava il figliuolo del padrone), un giovinetto molto gentile, e menò seco il buffone di casa, che Gnatone si diceva, un uomo attempato e con la barba di molt'anni rasa e, smontati che furono da cavallo, Lamone, insieme con Mirtale e con Dafni fattoglisi avanti, gli si gittò a' piedi pregandolo, non senza lagrime, ch'avesse misericordia dello sfortunato vecchio e che in tanta sua sciagura lo sovvenisse, e con una pietosa diceria gli divisò tutto il fatto com'era passato. Astilo, divenutone compassionevole, entrò seco nel giardino e, veduta la sconfitta de' fiori:

— Non dubitar — disse a Lamone — ché io ti scuserò con mio padre e darò la colpa di questo guasto a' miei cavalli, fingendo che, mentre a questi alberi legati si stavano, infra loro rignando e tempestando, si siano sciolti e scapestratamente correndo, pascendo e zampeggiando, gli abbiano a questa guisa svettati, calpesti e divelti.

Di che Lamone e Mirtale alquanto racconsolati lo lodarono, lo ringraziarono e lo benedissero assai. Appresso gli portò Dafni un bellissimo presente di capretti, di caci, di galline, di pollastri, d'uve in su' tralci, di pomi in su' rami; portò della malvagia, del moscatello, ambedue bevande delicatissime. Astilo, lodato ed accettato il presente, si dette a ordinare la caccia delle lepri, come giovine ricco e di buon tempo che egli era, e venuto in villa per aver di quei piaceri che non s'hanno per le città. Ma Gnatone, che altro non sapeva far che pappare tanto che recesse e bere finché ebbro venisse, e che altro non era che mascella e ventre e le parti di sotto al ventre, non ebbe prima il giovinetto capraro adocchiato che, stranamente piacendogli, vi fece sú disegno. E percioché era vago di quello che li cattivi uomini sono, abbattutosi a una bellezza qual non era forse nella città, fece pensiero di affrontarlo, credendo, per essere un capraro, che agevolmente si conquistasse.

Fatto cotal proponimento, non volle andare con Astilo alla caccia, ma, calandosene dove Dafni pasceva, sotto sembianza di veder le sue capre, ma invero per trovarsi in dove lui, gli si mise intorno accarezzandolo, lusingandolo, ora lui ora le sue capre lodando e seco inframmettentemente addomesticandosi; quando lo richiedea che sonasse, quando gli promettea di donargli cotai sue novelle, e talora gli dava speranza di farlo franco, mostrando di potere appo 'l padrone ogni cosa. E quando gli parve d'averlo bene alla mano, una sera appostandolo che tornava con le capre dal pascolo, fattoglisi primamente incontro lo baciò, poscia, cercando di recarlosi in atto che stanno le capre sotto i becchi, egli, poiché fu stato alquanto a vedere, pure alla fine, avvedutosi di quel che fare intendea, s'argomentava di levarlosi dattorno, dicendo che bene stava che i becchi montassero le capre, ma non già s'era mai veduto che un becco montasse un altro becco, né un montone, invece d'una pecora, un altro montone, né un gallo, per una gallina, un altro gallo. Già s'era disposto Gnatone a forzarlo, e cominciava a manometterlo, quando il pancione ch'era ubriaco e per ogni poco di tentenno barcollava, ad un sol guizzo che fece il giovinetto si trovò per terra rovescio che parve un sacco di stabbio, e piú bisogno avea di manovelle e di curri per rizzarlo che d'un fanciullo.

Dafni, uscitogli degli artigli, si mise a gambe su per l'erta a guisa d'un levriero e da quindi innanzi mai non vi si volle appressare; e se per avventura capitava dove egli pasturava lo fuggiva sempre, ed anco avea gli occhi alla Cloe, ch'egli non grancisse ancor lei. Ma Gnatone, non per questo lasciando l'impresa, andava tuttavia macchinando di conquistarlo; e conosciuto che egli non era men forte che bello, si tolse giú della forza ed aspettava occasione di parlarne con Astilo, sperando d'ottenerlo dal giovine in dono, perciochè lo conosceva liberale e desideroso di compiacerlo in molte cose e maggiori che per allora non si potea. Perciochè sopraggiunsero Dionisofane e Cleariste (cosí si chiamavano il padron vecchio e la madonna), eravi un tumulto di cavalcature, di servi e d'altri uomini e donne tale che ogni cosa era in iscompiglio. Ma poi n'ebbe seco un lungo ed amoroso ragionamento.

Era Dionisofane un uomo di mezzo tempo, già mezzo canuto, di persona grande, aggraziato e robusto al par di qualsiasi freschissimo giovine; di ricchezze pochi lo pareggiavano e di bontà nessuno. Il primo giorno ch'egli arrivò, fece sacrificio a tutti gli dèi della villa, a Cerere, a Bacco, a Pane ed alle ninfe, e comunemente convocate tutte le sue brigate, dedicò loro una piena tazza di vino. Gli altri giorni appresso andò visitando il podere e, considerando l'opere di Lamone e veggendo i campi solcati, le viti bene acconce, il giardino ben coltivato (percioché della rovina de' fiori Astilo gli avea già detta la cagione), ne prendea grandissimo piacere, ne lodava Lamone e gli prometteva di francarnelo. Venne poi dove Dafni pasceva, per veder le capre e 'l capraro, alla cui venuta la Cloe, per paura e temenza della brigata ch'egli avea intorno, se ne fuggì nella selva. Dafni stette saldo e, vestito d'una villosa pelle di capra, con un zaino nuovo a' fianchi, dall'una mano con un paniero di caci freschi e dall'altra con un paio di capretti, si fece loro innanzi tale che s'Apollo fu mai bifolco di Laomedonte, non dovette esser altramente fatto che si fosse egli.

Venuto in cospetto loro, nulla s'ardiva a parlare, ma tutto vergognoso, fissando gli occhi in terra, porgea riverentemente il suo dono. Allora Lamone:

— Ecco qui — disse —, padrone, il vostro capraro. Voi mi deste a socio cinquanta capre e due becchi ed ora, per sollecitudine e buon governo di questo garzone, abbiamo un centinaio di capre ed una diecina di becchi, che non fu mai veduta la piú bella roba. Guardate becchi rigogliosi che son questi, come son barbuti, e le barbe come sono lucignolate, come ben cornuti, come ben vestiti. Vedete le capre come le son tutte grasse, come son villose; guardate come quei velli son crespi e quelle corna come son lisce. Son per la piú parte giovini, tutte lattose, tutte feconde, ed assai ve n'hanno di quelle che fanno dui capretti al parto; oltre di questo, le son tutte musiche, percioché con la musica son da costui comandate, che non piú tosto sentono il suono della sampogna che tutte in un tempo fanno secondo il cenno di quella.

A questo parlare era presente la Cleariste la quale, desiderosa di vederne la pruova, comandò che Dafni sonasse e cennasse loro come soleva, promettendogli che gli donerebbe un tabarretto ed un capperone d'un bel carfagno ed un paio d'usatti nuovi. Dafni, alquanto assecuratosi, fece che tutti gli si ponessero a sedere innanzi, a guisa d'un teatro; ed egli, recatosi in piedi di sotto un faggio, si cavò la sampogna del zaino e, fatto primieramente uno squillo, tutte le capre in un tratto, con le teste levate, stettero in orecchio; poscia, dando segno della pastura, si dettero a pascere. Pascendo, sonò sottovoce soavemente, ed elleno si posero a giacere; mentre si giacevano, spiccando un verso molto acuto, parve che desse «al lupo», e le capre spaventate come se alle coste l'avessero tutte in un tempo nella selva si rifuggirono; poco dipoi, sonando a raccolta, uscite dalla selva, gli vennero a' piedi. Insomma non cosí ubbidienti si veggono gli uomini servi ai lor padroni, come erano quelle bestiuole alla sua sampogna.

Di che molto si meravigliarono, e sopra tutti la Cleariste la quale, molto accarezzandolo e per bello capraro e per musico laudandolo, gli raffermò la promessa; indi, tornandosene tutti alle stanze, andarono a pranzo e delle lor vivande mandarono a presentar Dafni, il quale, facendone una merenduola con la Cloe, si rallegrava con esso lei d'assaggiar de' bocconi che magnano i cittadini, e buona speranza tenea delle sue nozze, percioché, veggendosi in favor dei padroni, si credea che agevolmente gliene concedessero. Ma Gnatone, infocato dell'amor del capraro e della disdetta d'esso scornato, di piú vivere indegno si riputava se non traeva a fine il suo desiderio e, preso tempo una volta ch'Astilo per il giardino si diportava, tiratolo nel tempio di Bacco, gli si gittò davanti ginocchioni, i piedi e le mani supplichevolmente baciandogli. Di che il giovine meravigliandosi, e stringendolo a dir la cagione di tal novità:

— Padron mio — disse egli — il vostro Gnatone è spacciato: quelli che per addietro non ho mai conosciuto che cosa sia amore, se non a tavola intorno a qualche saporoso boccone; quelli che giuravo di non veder cosa che piú bella mi paresse né che piú mi gustasse che un buon vin vecchio; quelli che facevo piú stima de' vostri cuochi che di quanti garzoni fossero in Metellino: ora son giunto a tale che non penso che sia né che possa essere mai né la piú bella né la piú saporita cosa di Dafni. E di tanti preziosi cibi, si bene acconci, si bene conditi e tanto bene stagionati, di carne, di pesce, di torte, che tutto giorno ci s'apparecchiano, io mi torrei di non mai gustarne, e diventare una capra o un caprone, e stare in quattro piedi a biasciar dell'erbe e delle fronde purché un sol tocco sentissi della sampogna di Dafni e che egli solamente mi menasse a pascere. Ma voi padron mio salvate la vita al vostro Gnatone, e vincete questo invitto suo amore; altramente io vi giuro, per li sacrifici della vostra cucina e per la divinità della vostra cantina, che un giorno davanti alla porta di Dafni, quando avrò ben pieno il corpo, mi frugherò tanto con coltello di punta che m'uscirà 'l fiato. Ed allora non mi chiamerete piú, come siete uso, il vostro Gnatonino.

Cosí detto, con gli occhi tutti imbambolati, egli si gittava di nuovo a baciargli i piedi, ma 'l donzello nobile e d'alto core che delle forze d'Amore non era del tutto rozzo, non sofferendo piú oltre:

— Sta' su — disse — il mio Gnatone, e consòlati ché io ti prometto di farlomi dare a mio padre e condurlo alla città, dove a me per ragazzo ed a te per paggio voglio che serva.

Poscia, per alquanto beffarlo, soggiunse:

— Ma non ti vergogni tu d'essere innamorato d'un figliuol di Lamone e di voler in braccio un cotal guardacapre?

E fece con le labbra e col naso un certo niffolino, come mostrando d'aver a schifo quel lezzo caprino e quel fortore cosí sapiente de' becchi. Ma Gnatone, che per la pratica di molti conviti d'uomini lascivi era assai bene introdotto nei ragionamenti d'amore, non fuor di proposito e di sé e di Dafni cosí rispose:

— Nessun innamorato, padron mio, cerca queste cose ma s'invaghisce del bello, in qualunque corpo trovi bellezza. E per questo altri hanno amato una pianta, altri un fiume, altri una fera; e tuttavolta chi non dovrebbe aver pietà dell'amante, sendo per viva forza costretto a riverir la cosa amata? Se 'l corpo ch'io amo è servo e villano, la bellezza che m'innamora è libera e gentile. Mirate a quella sua chioma, se non par d'un giacinto; a quegli occhi, con tanta grazia commessi in quelle sue ciglia, se non paiono due gioie legate in oro. Quel volto colorito, quella bocca vermiglia, quei denti d'avolio: e chi sarebbe quegli che non spasimasse di cosí bianchi baci? Se sono innamorato d'un pastore, in ciò son io somigliante agli dèi. Anchise era bifolco e Venere lo si godé. Branco era capraro ed Apollo se ne invaghí. Ganimede fu pastore e Giove lo rapì. Perché avemo dunque a dispregiare un fanciullo, di cui per insino alle capre s'innamorano e veggiamo che obbedienza gli rendono? Io non so come egli si dimori qua giú per terra e, dimorandoci, doveremmo saper grado all'aquile di Giove che ci lo lasciano.

Voleva Gnatone, infervorato, seguir piú oltre, quando Astilo, della sua risposta e specialmente dell'ultime parole dolcemente ridendo, disse:

— Oh, quanto grandi oratori fa egli questo Amore!

E senza piú oltre ascoltarlo, gli si tolse davanti, con animo d'aspettar occasione d'impetrar Dafni dal padre per suo ragazzo. Ma Eudromo, che da un cantone del tempio secretamente origliando avea a un di presso compreso come la bisogna andava, sdegnoso che una tal bellezza divenisse preda di sí rozzo briccone, incontanente Lamone e lui ne fece avvertiti. Di che Dafni sbigottito restando, fece pensiero o di fuggire insieme con la Cloe o di morire, e di tutto con esso lei si consigliava. Ma Lamone, chiamata Mirtale da parte, un poco fuor delle stanze:

— Moglie mia — le prese a dire — noi siamo rovinati; venuto è 'l tempo che ci fia forza a rivelare il nostro segreto. E se le capre n'andranno in dispersione ed ogn'altra cosa a traverso, sia che vuole, ché, per Pane e per le ninfe, quando mai non restasse (come si suol dire) nella stalla altro bue che io, non voglio mancare di far palese la condizion di Dafni, e come l'ho trovato, e come l'ho nutrito, e di mostrar gli arnesi ch'erano insieme con lui, accioché sappia questo vituperoso di Gnatone, sendo lui chi egli è, di che sorta giovine vuole per innamorato. Va' dunque, e mettimi i suoi contrassegni a ordine.

Cosí sendo restati di fare, un'altra volta entrarono in casa. In questo mentre Astilo, trovato Dionisofane sfaccendato, gli si fece innanzi dicendo:

— Mio padre, io voglio una grazia da voi: che mi lasciate menar Dafni nella città per mio servidore, percioché è bel giovine ed ha non so che piú degli altri contadini, oltreché egli è atto ad imparar da Gnatone mille piacevolezze.

— Perché no? — rispose il padre. — Io ne son ben contento.

E fattisi chiamare Lamone e Mirtale, disse loro il buon pro della ventura di Dafni, che egli divenisse cittadino e che, dove prima serviva le capre e i becchi, avesse per innanzi a servire suo figliuolo, e promise dar loro in sua vece due altri caprari. Allora Lamone, in presenza di tutti gli altri servi che già gli erano d'intorno a rallegrarsi di aver un sí bel servidore per compagno, chiedendo licenza di parlare, cosí prese a dire:

— Signore, udite quel che questo vecchio vi dice, e non pensate che menzogna vi conti ché vi giuro, per Pane e per le ninfe, che di nulla vi mentirò. Io, perché voi sappiate, non son padre di Dafni, né Mirtale sarebbe stata sí avventurosa di essergli madre. Quali siano i suoi parenti, io non lo so, ma, chiunque si fossero, per aver forse assai piú figliuoli, e maggiori, isposero lui; e cosí sposto io lo trovai, che si nutriva del latte d'una mia capra, a cui, morta che fu, per aver fatto offizio di madre diedi qui sotto al giardino sepoltura. Trovai col bambino alcune spoglie, le quali io serbai e sono ancora appresso di me, e per esse facciamo giudizio ch'egli sia di piú alta fortuna che noi non siamo. Non per questo io mi sdegno ch'egli venga a servir Astilo, ché sarà un bel servidore d'un bello e buon padrone, ma non posso già soffrire ch'egli abbia ad esser lo strazio e 'l vituperio di Gnatone, di cui è movimento sa che venga a Metellino, per operarlo ne' servigi di femmina.

E cosí detto, di tenerezza e di sdegno lagrimando si tacque. Gnatone, sentitosi mordere, avea già cominciato a bravare e minacciar di bastonarlo, quando Dionisofane, cui le parole di Lamone aveano tòcco il core, d'un mal piglio guatandolo lo fece racchetare; poscia, da capo disaminando Lamone:

— Guarda — gli dicea — a dirmi il vero, e non mi far gherminelle per addossarlomi per figliuolo, perché io me n'adirerei con esso teco.

Insomma, dopo molto interrogare, raffermando il vecchio efficacemente, giurando per tutti gli dèi ed offerendosi ad ogni sorta di castigo se di cosa alcuna mentisse, Dionisofane, insieme con la Cleariste riandando le sue parole:

— A che proposito — dicea — fingerebbe Lamone queste cose? Se egli perdea un capraro, ne guadagnava due. Come saprebbe un contadino far questi trovati? Oltre che duro mi si fa a credere che da un tal vecchio e d'un ventre di sí vil femmina uscisse sí bel figliuolo.

Ma per piú non dibattersi in cotal pensamento, gli parve di dover considerare le spoglie che egli dicea, se d'illustre e gloriosa fortuna indizio le porgessero. Andata dunque Mirtale per esse, e recatele cosí come si stavano in un frusto zaino riposte, primieramente egli stesso l'aperse e, veduta la vesticciuola di scarlatto, la collana d'oro e 'l pugnaletto guarnito d'avorio:

— O Dio buono! — disse gridando, e chiamò la donna a vedere, la qual veggendo, anch'ella gridò forte:

— Parca amica, non son queste le cose che noi col nostro figliuolo isponemmo? Non son queste quelle con che noi mandammo Sofrosina a questa villa? Certamente, marito mio caro, queste son desse, e questo fanciullo è nostro. Dafni è vostro figliuolo, e convenevolmente guardava le capre del suo padre.

Mentre che ella cosí dicea e Dionisofane si stava intorno agli arnesi, baciandoli e per tenerezza lagrimando, Astilo, inteso che Dafni era suo fratello, lasciandosi andar la veste da dosso, si diede a correre nel giardino per essere il primo a baciarlo. Ma Dafni, vedendolo con tanta brigata cosí tumultuosamente correre e gridare, dubitoso non per prenderlo venisse, gittato il zaino e la sampogna per terra, si mise a fuggire inverso il mare per gettarsi giú d'uno scoglio. Onde non piú tosto fòra trovato che l'avrebbon forse perduto, se non che Astilo, avvedutosene, un'altra volta prese a gridare:

— Férmati, Dafni, non temere, ché io son tuo fratello e quelli che t'eran dianzi padroni ti son ora parenti. Pur adesso ci ha Lamone rivelato il suo segreto, ci ha detto della tua capra, e móstrone i tuoi contrassegni. Volgiti indietro e guarda come ti vengono a incontrare tutti festosi e ridenti. Ma prima di tutto voglio che tu baci me, ché ti giuro per le ninfe che di nulla ti mento.

Già s'era Dafni fermato, come che pur guardingo si stesse, ma dal giurar d'Astilo appena assecurato stette saldo ed appressati s'abbracciarono e si baciarono. In questo mentre sopravvenne l'altra moltitudine di servi e di serve; poscia giunse il padre e la madre, e tutti con molta allegrezza e con molte lagrime lo baciarono.

Dafni, innanzi a tutti gli altri, con gran riverenza e con gran festa ricevette il padre e la madre e, come se da prima conosciuti gli avesse, al petto se gli stringeva, non volendo uscir loro dalle braccia, tanto la natura è per sé facile in un subito a credere. Dafni in questa allegrezza poco men che non si dimenticò della Cloe, e quando fu giunto alle stanze, il padre, fattolo riccamente vestire e postolosi a lato a sedere, in presenza di tutti parlò in questa guisa:

— Io mi maritai, figliuoli miei, ch'ero molto giovine, ed in breve tempo divenni assai fortunato padre, secondo il mio parere, perciochè avea prima un figliuol maschio, poscia una femmina, ed Astilo era il terzo. Onde io, pensando d'aver, fra tutti tre, redi abbastanza, nato che fu questo bambino, deliberai di gittarlo; e questi arnesi non per contrassegni ma per ornamenti gli furon dati. Altri sono poi stati i consigli della fortuna; perciochè il figliuol maggiore e la fanciulla d'una medesima malattia in un giorno medesimo mi morirono, e tu, Dafni, per provvidenza degli dèi ti sei salvato, perché io abbia piú d'uno aiuto alla mia vecchiaia. Ora io voglio, figliuol mio, per quanto amor ti porto, che tu non ti ricordi piú della ingiuria dell'esser gittato, perciochè fu piú tosto per necessità di fato che per mio volere. E tu, Astilo, non ti dolere ch'ora ti tocchi parte di quel che tutto ti si veniva, conciosiacosaché gli uomini savi non possono aver la miglior ricchezza d'un buono e amorevol fratello. Amatevi l'uno l'altro, figliuoli miei, ché questo solo vi manca. Di danari, voi starete a par de' re: vi lascerò di molti poderi, di molti servi, dell'oro, dell'argento, e di tutt'altro che i ricchi posseggono. Ma ora io voglio solo che Dafni appartatamente sia padrone di questo paese, di Lamone, di Mirtale e delle capre che egli guardava.

Ancora voleva più oltre seguir Dionisofane, quando Dafni, salito subitamente in piedi, disse:

— Bene hai fatto, mio padre, a ricordarmi le capre; io voglio ire a beverarle ché le debbono aver sete e stanno ora dove che sia, aspettando la mia sampogna che le meni a bere ed io mi sono arrecato a sedere qui in petto e 'n persona.

Risero tutti dolcemente che egli, già divenuto padrone, volesse ancor essere capraro ed aver cura delle capre, ed incontanente fu mandato un altro che cura n'avesse. E, lui detenuto, sacrificarono a Giove salvatore e prepararono uno splendido convito, dove solamente Gnatone non comparse, ché giorno e notte si stava nel tempio di Bacco, dolente del suo misfatto e pensoso di trovar modo che perdonato gli fosse.

La fama intanto corse per tutta la contrada che Dionisofane avea ritrovato un suo figliuolo e che Dafni capraro era stato riconosciuto per oste del podere e per padrone delle capre che egli guardava; onde la mattina d'ogn'intorno concorsero brigate a rallegrarsi con esso lui ed a presentare il padre d'esso, tra' quali Driante, balio della Cloe, fu il primo. E Dionisofane volle che tutti fossero partecipi di quella allegrezza e presenti al sacrificio che intendeva di fare: per che, fatto un appresto grande di vino, di farina, d'uccellami, di porchette, di torte e d'ogni sorta vivande, fece sacrificio a tutti gli dèi del paese. Dove Dafni, recatisi innanzi i suoi pastorali arnesi, parimente dispensandoli a ciascun d'essi ne fece offerta. A Bacco dedicò il zaino e la pelle, a Pane la sampogna e 'l zufolo, alle ninfe il vincastro e tutti i secchi di sua mano. E tanto sono più dolci e diletti usati che qualsivoglia straniera felicità, che egli nel lasciar ciascuna di queste cose vi lagrimò sopra; né volle prima dare i secchi che non vi mugnesse, né la pelle che non se ne vestisse, né la sampogna che non la sonasse. Egli le baciò tutte, salutò le capre, chiamò tutti i becchi per nome e volle bere della fontana dove avea con la Cloe insieme più volte bevuto. Né per ancora avea mai voluto scoprir del suo amor cosa alcuna, come quello che 'n piú comodo tempo aspettava di farlo.

Mentre che Dafni era intorno a' sacrifici occupato, alla Cloe un tale accidente sopravvenne. Ella guardava le sue pecorelle e piangendo dicea, come era convenevole:

— Poverella me! ché Dafni si sarà dimenticato de' fatti miei: egli è divenuto ricco, e ricche nozze gli si debbono girar per lo capo. E che pro mi fanno ora le sue promesse? Che mi giova che, invece delle ninfe, io gli facessi giurar le capre? Ecco che ora abbandona e le capre e la Cloe, e nel sacrificare alle ninfe ed a Pane non gli è pur caduto in mente di volermi vedere. Egli di certo avrà trovato appresso alla madre serve piú belle di me. Addio, Dafni mio. Io ho caro ogni tuo bene, ma senza di te non vivrò già io.

E mentre queste e cotali altre cose la dolente dicendo e pensando si stava, in un tempo le comparse davanti Lapo bifolco con una masnada di contadini, percioché avanti che il maritaggio di Dafni si concludesse, sapendo che per esser già Driante in tutto vòlto a farlo di certo si conchiuderebbe, avea preso per partito d'averla per forza; e cosí rapitala, con tutto ch'ella piangendo e miserabilmente gridando facesse ogni resistenza per non andare, a suo malgrado, tutta scarmigliata ne la menavano.

Intanto, chiunque si fosse che la forza vedesse, ne portò novella alla Nape, Nape a Driante, e Driante corse subito a Dafni. Il quale, udita la rapina della sua Cloe, tutto stordito e fuori di se stesso restando, non attentandosi di parlarne col padre né potendo l'indugio sofferire, a piè del giardino uscitosene, cosí piangendo prese a dolersi:

— O sfortunato me, come in mal punto sono io stato ritrovato! Quant'era il meglio ch'io fossi ancora capraro! Quant'ero io piú felice in servitú che non sono in questa mal acquistata franchezza! Allora vedev'io la Cloe, allora sempre meco; ora Lapo me l'ha rapita e vassene. Oimè! che questa notte dormirà seco, ed io mi sto qui a bere e festeggiare. Dolente me, spergiuro me, che tante volte ho giurato invano e per Pane e per le capre e per le ninfe!

Mentre che cosí il giovinetto si lamentava, Gnatone, che nell'uscir del giardino gli avea tenuto dietro, e nascostosi di dentro fra certe nocciole senza esser veduto lo vedeva e sentiva, non prima attinse la cagione del suo rammarichio che, pensando ciò dover esser buona occasione a rappattumarsi con esso lui, presi subitamente certi galuppi d'Astilo:

— Oltre — disse a Driante — conducine al colle di Lapo.

E Driante, guidandoli per traietti e smozzature di strade, attraversò loro innanzi tanto che appunto nel metter la fanciulla in casa li vennero a rincontrare, ed allora Gnatone, fatto alto, mise i suoi galuppi in battaglia. E percioché vide tra quei mascalzoni certi visi burberi, con certe chiaverine e certi spuntoni rugginosi, a guisa d'avveduto capitano postosi nel ritroguardo, per salvezza della sua persona, con animose parole mise lor coraggio a combattere. Cosí dato dentro, e sbaragliato nel primo incontro lo stuolo de' contadini, primieramente ricoverarono la preda; poscia, a guisa di micci bastonandoli, li misero in volta.

In questo, Gnatone si mosse ed imbizzarritosi tutto si spinse con la sua peccia avanti e, come quello che dopo la vittoria disegnava il trionfo:

— Ah! compagni — venía gridando — la campagna è nostra, pigliatemi Lapo, e legatelo, che ne lo meni prigione.

Ma ciò non venne lor fatto percioché Lapo, vista la mala parata, avanzando tempo se n'era fuggito per non capitare in mano de' nemici. Fatta questa fazione, mosse Gnatone il campo verso l'alloggiamento, per rinfrescarlo; e percioché sendo già notte non credeva d'essere a tempo alla cena per far carnaggio, tra via diede lor a sacco un pollaio. Ed arrivato, trovò che Dionisofane dormiva, e Dafni che non pur vegghiava ma che a piè del giardino ancora passeggiando e piangendo si stava. Laonde, menatagli la sua Cloe davanti, e raccòntogli con grande angoscia, come un trafelone che egli era, tutti gli avvisi di quella impresa, gli stratagemmi che avea fatti, le prodezze della sua persona, a che repentaglio s'era messo in quella spedizione, con quel grado che poté maggiore gli ne presentò. Poscia, pregandolo che non piú delle sue ingiurie si ricordasse, gli chiese in grazia che della sua mensa non lo privasse percioché fuor di quella si vedea in preda della fame.

Dafni, vedendosi innanzi la Cloe e per mano avendola, non pur fu contento a perdonargli ma gli restò di tanto beneficio obbligato. Ragionandosi poi del maritaggio della Cloe, ciascuno lo consigliava che non l'appalesasse, ma che secretamente la si tenesse e solo con la madre conferisse il suo amore. Driante non solo non v'acconsentí, ma fu di parere che si dicesse al padre, ed egli stesso si profferse di parlargliene e farnelo contento; perché, ricondottasi la fanciulla a casa, Dafni se n'andò con molta allegrezza a dormire, e Gnatone con un buono appetito a scosciar dei polli.

La mattina seguente Driante, postosi nel zaino gli arnesi della Cloe, se n'andò a parlare con Dionisofane e con la Cleariste e, nel giardino a sedere trovatili, ed Astilo e Dafni con essi, chiesta lor licenza favellò in questa guisa:

— Io vengo da voi, tratto da quella stessa necessità a rivelarvi un mio secreto da cui fu mosso Lamone a palesarvi il suo. Questa mia fanciulla non è mia figliuola, ed io non l'ho né generata né nutrita. Suoi genitori non so io quai si siano, ma sua nutrice fu una mia pecora, qui su, nella grotta delle ninfe dove ella fu gittata. Io mi abbattei, pascendo quindi intorno, a trovarla, e da indi innanzi, per meraviglia del caso e compassione di lei, me l'ho sempre tenuta e condottala dove vedete. Facciavi di ciò fede la sua bellezza e le sue maniere, percioché ella in nessuna cosa ne si assomiglia; e faccianvene fede queste spoglie di che ella era adornata, che non sono cose da pastori. E, trattelesi del zaino:

— Ecco qui — disse. — Guardatele voi stessi e cercate di che gente ella sia, e vedete se per avventura vi paresse cosa per Dafni.

Ciò non disse Driante a caso, né Dionisofane a caso lo intese: laonde, fissati gli occhi a Dafni e vistolo nel viso pallido e gettar covertamente certe lagrimette, tosto comprese il suo amore. E di pari affezione amando la fanciulla altrui che 'l proprio figliuolo, di nuovo prese di punto in punto a interrogare sopra le parole di Driante. Poscia, scoperti i contrassegni, tosto che vide gli usattini, i coscialetti e 'l frontale, chiamatasi innanzi la Cloe:

— Sta' — disse — di buona voglia, fanciulla mia, ché già sei maritata e presto ritroverai tuo padre e tua madre.

E Cleariste, presala a custodire da indi innanzi sempre come sposa del suo figliuolo, vestita, ornata ed accarezzata la tenne. Ma Dionisofane, tratto Dafni da parte, e scaltritamente disaminatolo se la Cloe fosse ancor vergine, ritraendo di sí (percioché egli giurava che oltre al baciarsi ed abbracciarsi nessuna cosa altra era tra loro intravenuta), ne prese grandissimo piacere e volle che di presente d'essersi moglie e marito l'uno e l'altra s'acconsentisse.

Allora certo si poté conoscere qual fosse una bellezza, arròtogli l'ornamento; percioché, vestita che fu la Cloe, cónciosi il capo e forbitosi il viso, tanto a ciascuno fuor del villesco abito parve piú bella che Dafni stesso appena la riconobbe. Ed ognuno senza altri indizi avrebbe giurato che a patto alcuno non poteva essere che Driante di sí fatta donzella fosse padre. Tuttavolta anch'egli v'era a convito insieme con la Nape, e da un'altra banda Lamone e Mirtale. Seguirono poi per molti giorni di sacrificare, di festeggiare e di far pasti, ed erano poste tazze e vino in pubblico per ognuno. La Cloe dedicò ancor ella le sue rozze spoglie, il zaino, la pelle, i secchi; bevé anch'ella dell'acqua della sua fontana, di quella della grotta dove la fu nutrita e, mostratole da Driante il sepolcro della pecorella sua balia, lo sparse di fiori. Anch'ella sonò certe canzonette alle greggi ed alle dèe, pregandole che le concedessero grazia di ritrovar quelli che gittata l'aveano e che della condizion di Dafni fossero degni. Ma, poiché assai feste furon fatte, di quelle che fare in villa si possono, parve loro di dover tornare nella città e di cercar de' parenti della Cloe, e di piú non indugiare le lor nozze.

La mattina appresso dunque, sendo ad ordine per partire, dettero a Driante altre tremila dramme ed a Lamone concessero la metà di tutti i frutti del podere, le capre insieme co' caprari, quattro para di buoi, vesti per la 'nvernata, e la moglie libera. E ciò fatto, si misero in via con molti cavalli, con salmerie, con palafrenieri innanzi agli sposi e con altre delicature assai. E perché giunsero di notte, non sendo veduti de' cittadini non furono quella sera visitati; ma la mattina di poi si ragunò davanti alla lor porta una gran moltitudine d'uomini e di donne a rallegrarsi: questi con Dionisofane del figliuolo ritrovato e della bellezza e della grazia di esso; e quelle a far festa con la Cleariste che, in un tempo, e d'un figliuolo e di sí bella sposa fosse piú ricca tornata. E mirando la fanciulla come tra le donne si suole, le matrone meravigliose e le giovini aschiose ne divenivano; percioché la sua bellezza, non che di contadina paresse ma tra le piú signorili e tra le piú nobili, era la piú vaga e la piú riguardevole che vi fosse, e recavasi dalla villa una certa natia purezza ed una semplicità condita d'una tale accortezza che, oltre che bella si mostrasse, e dabbene e d'assai dava a creder che fosse. Ondeché per essa e per il giovin era tutta la città commossa, disiando ciascuno di vederli, e, veggendoli, dicevano che felici nozze sarebbon le loro. Desiderava ciascuno che si trovasse la schiatta della donzella, tale quale alla nobilezza di Dafni ed alla beltà di lei si conveniva, e molte delle piú ricche matrone avrebbon voluto che fossero per madri di sí bella fanciulla tenute.

Ora, de' suoi genitori cercandosi, avvenne che Dionisofane, dopo molti pensieri, una notte che profondamente dormiva ebbe in sogno una tal visione. Gli parve di veder le ninfe intorno ad Amore che lo pregassero, se tempo n'era, per le nozze delli due novelli sposi e che egli, allentato l'arco e fattolosi pendere dagli omeri insieme col turcasso, si volgesse verso di lui e gli comandasse che facesse un convito a tutti i primi cittadini di Metellino, e che quando la cena fosse all'ultimo bere recasse davanti a ciascuno gl'indizi della Cloe e che, questo fatto, si celebrerebbon le nozze.

Ciò vedendo e sentendo, Dionisofane la mattina di buon'ora salse fuor del letto e, comandato che s'ordinasse una splendida cena, dove fosse di ciò che in terra, in mare, pe' laghi, pe' fiumi fosse possibile a trovarsi, convitò tutti i piú onorati cittadini che v'erano. E già sendo notte, venuta che fu l'ultima tazza con che si sacrifica a Mercurio, comparse uno scudiero con un nappo d'argento e suvvi gli arnesi della fanciulla e, portatigli a torno sí che ciascuno vedesse, non fu di loro chi sapesse che ciò si fosse salvo un certo Megacle, vecchio che per onoranza sedeva ultimo in testa della tavola. Costui, veduti che gli ebbe, tantosto riconosciutili, prese, a guisa d'un giovine, con una gran voce a gridare:

— Che cose son queste che io veggio? Che fu di te, figliuola mia? Sei tu viva ancora, oppure chi trovò già queste spoglie le ha qui portate? Ditemi, Dionisofane, vi prego, donde avete voi questi arnesi? E se gli dèi v'hanno fatto grazia di ritrovare un vostro figliuolo, non m'invidiate che ritrovi il mio sangue ancor io.

A cui dicendo Dionisofane che egli prima isponesse il caso di sua figliuola, col medesimo tuono di voce cosí soggiunse:

— Io avevo già quando questa mia figliuola mi nacque pochissima roba, e quella poca che mi trovavo non era bastante per le gravezze del comune e per il saldo delle galere. Laonde, disperandomi in quella mia povertà di poterla allevare, datile invece di concio questi pochi ornamenti, presi per partito di gittarla, sperando (perché molti per questa via cercano di divenir padri) che da qualcuno fosse raccolta. Gittaila dunque nella grotta alle ninfe dedicata ed alla lor custodia l'accomandai. Posciaché non ebbi piú reda, cominciai a diventar ricco e da quindi innanzi la fortuna non ha voluto che io sia padre piú né di quella né d'altra figliuola, e gli dèi, come per ischernirmi, mi mandano ogni notte sogni che mi promettono che un branco di pecore mi farà padre.

A questo, Dionisofane, alzato un grido maggior che Megacle, salse in piede e, menatagli avanti la Cloe molto riccamente addobbata:

— Questa è — disse — la fanciulla che voi sponeste: questa, per provvidenza degli dèi, da una pecora è stata nutrita, sí come Dafni da una capra. Eccovi qui le vostre spoglie e la vostra figliuola: prendetela e, poscia che l'avrete, al mio Dafni per isposa la date perciochè ambedue sono stati gittati, ambedue ritrovati ed ambedue sono stati a cura di Pane e delle ninfe e d'Amore.

Piacque a Megacle la proposta di Dionisofane e, fatta con la figliuola gran festa, comandò che fosse chiamata la Rodi, sua donna, la quale venuta, dopo le materne e sviscerate accoglienze, recatalasi in grembo non volle che mai le si spiccasse dattorno; e quivi la notte dormirono, perciochè Dafni a niun partito la volea lasciar, manco al padre.

Il giorno vegnente tutti d'accordo ritornarono un'altra volta in villa, e questo fecero a preghiera di Dafni e della Cloe, ché mal volentieri stavano nella città, ed anco perché parve lor convenevole di far nozze alla pastorale. Arrivati dunque a Lamone, fecero venir Driante e Megacle, e Nape raccomandarono alla Rodi e, mentre che le feste delle nozze s'apparecchiavano, fu la Cloe dal padre e dalla madre alle ninfe splendidamente appresentata, e gli dierono per offerta i suoi contrassegni con molti doni. A Driante supplirono di donar sino a dieci mila dramme.

Ma Dionisofane, veduto che 'l tempo era sereno e la giornata bellissima, volle che 'l convito si facesse nella grotta medesima delle ninfe, dove, apparecchiata la mensa ed ogni cosa di verdura coperto, fatti sedere ancora tutti i contadini, fecero una solennissima ed abbondante cena. Erano gli assisi con essi: Lamone e Mirtale, Driante e Nape, i prossimani di Dorcone, Fileta co' figliuoli, Cromi con Licenia, e Lapo bifolco, perciochè in tanta allegrezza anch'egli parve degno di perdono e d'invito. I piaceri, gli 'ntrattenimenti di questo convito fra tanti contadini furono tutti alla contadinesca. Si cantarono canzoni di mietitori, si dissero burle di pescatori: Fileta concertò una musica di sampogna, Lapo una stampita di pifari, Driante fece una moresca, Lamone un ballo a riddone; e

Dafni e la Cloe intanto si baciavano e e capre, come volendo ancor esse partecipar della lor festa, stavano lor d'intorno pascendo, comeché a' cittadini non fosse però molto a grado. Ma Dafni, or questa or quella per nome chiamando, faceva lor vezzi, porgea lor della frasca e, pigliandole per le corna, le baciava; e queste cose non fecero solamente allora, ma quasi, mentre che vissero, tennero sempre la vita e le usanze pastorali, percioché di continuo adorarono le ninfe, Pane ed Amore. Possederono sempre molte greggi di pecore e di capre, sempre fu loro piú dolce cibo i pomi e 'l latte che qualunque altra delicatissima vivanda; e quei figliuoli ch'ebbero poi (ch'ebbero un maschio prima e poscia una femmina) vollero che dalle pecore fossero nutriti, e chiamarono l'uno Filopemene, l'altra Armentina; ed essi furono quelli che fecero gli ornamenti della grotta, che vi posero le statue delle ninfe, ch'edificarono il tempio di Amor pastore, che fecero primieramente quello di Pane, chiamandolo «militare», conciosiaché prima sotto al pino s'adorasse; ma queste cose fecero e nominarono a lungo andare.

Allora, venuta la notte e sendo tempo di metterli a letto, tutti li convitati, con molti ceri e fiaccole innanzi cantando, sonando e saltando, infino in su la soglia gli accompagnarono. E quivi, fatte preghiere e cerimonie da nozze, cantarono Imeneo in canzoni sí rozze e scompigliate, che parvero piú tosto un maneggiar di bidenti o un ragghiar di somari che un cantar d'uomini. Ed intanto che eglino cosí mugolavano, Dafni e la Cloe, condotti a letto, si coricarono, ed abbracciandosi e baciandosi insieme vegghiarono tutta notte a guisa di civette. Ed allora primieramente Dafni mise in opera la dottrina di Licenia, e la Cloe s'avvide che i piaceri, che per innanzi per le fratte e per le selve aveano avuti, erano stati piú tosto giuochi di pastori che fatti d'amore.

FINE

Scampato Dafni da questo pericolo, come gentile e conoscente che egli era, ringraziò Dorcone del suo aiuto, offerendosegli molto; e la Cloe altresí gli prese affezione, e fecegli intorno di molte amorevolezze. Era Dorcone un cotal tarpagnuolo inframmettente, di pel rosso, di persona piccoletto, e di maniere tutto nel praticar curioso, nel parlar lusinghiero e nel pensier malignuzzo: insomma un cattivo bestiuolo. Aveva costui piú volte veduta la Cloe, e, piacendogli, cercava di farlesi amico; e di già avea gittato un motto a Driante di volerla per moglie. Ora, in su questa occasione, veggendo Dafni cortese e soro com'era, e parendogli la Cloe semplicetta ed arrendevole per le carezze ch'ella per amor di Dafni gli facea, pensò di addomesticarsi con esso loro piú strettamente, perché il suo disegno gli riuscisse; e fattilisi con molte parole e con molte sue novelle amici, e lasciato un appicco per rivedersi, se ne tornò per allora a' suoi buovi, tutto acceso della bellezza della Cloe ed aschioso della pratica che vi tenea.

Rimasti i due giovinetti soli, se n'andarono verso la grotta delle ninfe, per ringraziarle del pericolo scampato, e, cogliendo tra via de' fiori, fecero a ciascuna di esse la sua corona; poscia, adoratele e ringraziatele, uscirono sul pratello, davanti alla grotta, e, quivi d'altri fiori fatte ghirlande per loro, cosí inghirlandati se ne scesero al bagno delle ninfe.

Era questo bagno a' piè d'esso pratello, percioché l'acqua che della grotta usciva, per mezzo d'esso correndo, giungeva ad una ripa tagliata del medesimo sasso che la grotta, e quindi cadendo, e d'uno in un altro macigno percotendo e romoreggiando, si ricoglieva tutta a piè della ripa, in un pelaghetto bellissimo. E percioché la ripa, da mezzo in giú, era sotto, in varie grotte cavata, una parte del laghetto, dentro da quelle riducendosi, faceva altri bagnetti, e conserve d'acque calde, fredde, temperate piú e meno, secondo i diversi temperamenti del caldo e del freddo, che in ciascun ridotto faceva o il sole o l'ombra che vi fosse; e dove l'acqua non giungeva, qua una grotta faceva stanza asciutta, là una falda porgeva un seggio erboso, o di verde muschio appannato; e 'l sole, che, dacché nasceva insino a mezzo giorno, in certe di esse caverne feriva, ripercotendo dalla chiarezza dell'acqua nelle vòlte di sopra, faceva di continuo lampeggiamenti e 'ncrespamenti di certi splendori lucidissimi, e quivi il bagno era caldo; poscia piú a dentro, dove il sole non feriva, secondo che l'acque s'allontanavano dal caldo, cosí tiepide, fresche e fredde si trovavano. L'altra parte del bagno era tutta allo scoperto; e percioché il letto era del medesimo sasso vivo, la bianchezza dell'acqua facea che la paresse tutta d'argento. E perché le sponde, per lo spruzzolar dell'acqua, che di sopra le bagnava, e per l'umor che di sotto le nutriva, erano sempre di rugiadosi fiori dipinte e d'erbe verdissime e freschissime vestite, per tutto il lor giro ripercotendo il verde dell'erba col cristallino dell'acque, riluceva un fregio di smeraldo finissimo; e da ogni banda, sendo l'acqua limpidissima, si vedevano certi piccoli pescetti scherzare, i quali, a lor diletto o quando disturbo venía lor fatto, sotto al concavo delle sponde o per le buche delle grotte si riducevano.

Stati alquanto i giovinetti a mirar la bellezza del lago, gli scherzamenti de' pesci ed i lampeggiamenti del sole, Dafni, tirato dalla vaghezza del loco, si spogliò ignudo e, lasciato il suo tabarro alla Cloe, se ne corse in cima alla ripa, e quindi, spiccato un salto per insino al mezzo del pelaghetto, si gittò giuso, con maggior paura della Cloe che quando nella buca lo vide cadere; percioché, andatosene al fondo, stette per buono spazio a tornar suso; poscia venuto sopra, sbuffato ch'egli ebbe, come quello che era buonissimo nuotatore, prese a fare in su l'acqua di molti giuochi; ed or rovescio, or boccone, or per il lato, fece quando il ranocchio, quando la lepre, quando il passeggio e quando il tuffo; fece il tombolo, fece il paneruzzolo, fece tutti i giuochi che si fanno in su l'acqua, di tutte le guise, con meraviglioso piacere ed attenzione della fanciulla.

Era Dafni di statura mezzana e ben proporzionata, di capegli neri e ricciuti, di viso modesto e grazioso e d'occhi allegri e spiritosi; avea le sue braccia ritondette e bene appiccate, le gambe isvelte e ben dintornate, il torso gentilesco e morbidamente ciccioso; il volto e l'altre parti ignude, per la cottura del sole, erano come di un colore olivigno, quasi ad arte inverniciate; l'altre, coverte, erano di un vivo candor di latte, misto con una porpora di sciamitino, nativamente carnate. Ciascuna parte per se stessa bellissima, e tutte insieme piene di leggiadria, formavano una persona che, come di nobile, tenea del delicato e, come di pastore, avea del robusto. Di tutte le sue fattezze si componeva quell'aria, che «bellezza» si chiama; di tutti i suoi moti risultava quell'attitudine, che «grazia» si domanda; e tutte due insieme portavano vaghezza agli occhi di chiunque le vedeva: e questo è 'l focile, con che, percotendo Amore gli occhi dei piú gentili, accende lor foco nel core.

Con questo, davanti a Dafni, avea egli piú volte percossi gli occhi della fanciulla; ma le percosse, come quelle che non venivano da tutte le sue bellezze, né da tutta la sua grazia intera, non isfavillarono mai con tanta forza al core, che v'accendessero l'ésca del desiderio, come ora che, assagliendola unitamente con tutte le sue bellezze, riforbite dalla purezza del bagno, con tutta la sua grazia, accresciuta dall'arte del nuoto, la colpí negli occhi con tanto impeto, e quindi nel core con tante scintille, che incontinente, con tutto che di rozza e fredda pastorella fosse, non pure il fuoco vi s'apprese, ma con di molti lampi si mostrò subito fuori: onde, con gli occhi attentissimi, con la mente da ogni altra cosa alienata, e con la persona tutta verso Dafni inclinata, si stette per lungo spazio immobilmente a mirarlo, e, mirando, l'incendio le cresceva.

Pur, mentre il piacer della vista lo rinfrescava, sempre dilettoso le parve; ma, poscia che manco le venne, subitamente in affannoso le si rivolse: percioché Dafni, fatte ch'ebbe di molte tresche, rivolgendosele, come per ischerzo le disse:

— Addio, Cloe; io me ne vo sotto, a star con le ninfe; — e tuffatosi in un tempo davanti a lei, se n'andò lungo le sponde, coperto dall'ombra delle ripe, a riuscir chetamente dentro le grotte; e, postosi in una di esse all'asciutto, attendeva, dalla crepatura d'un sasso, quel che la fanciulla facesse.

La Cloe, poscia che di vista l'ebbe perduto e che egli, per molto che l'aspettasse, non ritornava, credendosi prima certamente che affogato si fosse, dirottamente piangendo e gridando, s'era già mossa correndo, a cercar d'intorno qualcuno per veder di soccorrerlo; quando Dafni, con certe voci chiamandola, la fece fermare. Poscia di nuovo, per ischerzo, con tutto che molto fosse chiamato da lei, mai non rispose; ma le istesse voci della fanciulla, dall'eco della grotta rintonate e, cosí donnesche come erano e da quelle di Dafni diverse, indietro tornando, come da piú grotte, per la diversa distanza, diversamente riverberavano; cosí di piú donne e di piú sorti voci parevano alla semplicetta che fossero: laonde, ricordandosi di quel che Dafni nel tuffarsi avea detto, le venne da credere che ivi dentro albergassero quelle ninfe le cui statue di sopra nel tempio si adoravano.

Questa credenza le crebbe maggiormente, quando, chiamandolo, sentiva le voci, qual piú da presso e qual piú da lontano, che medesimamente lo richiamavano.

— Dafni, vieni a me — diceva ella.

— A me, a me, a me — le voci rispondevano.

— Chi ti ritiene, Dafni mio?

— Io, io, io — separatamente reiteravano.

Questi e molti altri simili inganni d'eco, di cui non aveva la semplice fanciulla notizia, le persuasero che le ninfe fossero quelle, che il suo Dafni le ritenevano. Già le sue bellezze, vedute, le avevano desta vaghezza e diletto; ora, celate, le crescevano incendio e desiderio. La téma che fosse morto la trafiggeva mortalmente, la speranza che fosse vivo non la consolava interamente; perciochè il pensare che ella ne fosse priva le recava disperazione, l'immaginarsi che fosse d'altrui le partoriva gelosia. Cosí non era appena stata la meschinella dall'amore assalita, che non solamente da molte, ma da contrarie passioni amorose si trovò in un tempo medesimo fieramente combattuta: sentiva il suo male, e come rozza, non sapeva né la cagione né il rimedio; come incauta, non l'aveva potuto schifare; come tenera, non lo poteva sostenere; ed era sola, e non aveva chi l'aiutasse né chi la consigliasse. Fuor di se stessa, con gli occhi fissi alla grotta e con l'orecchie intente alle voci, si stava per lungo spazio immobile; ora, quasi infuriata d'intorno al lago aggirandosi, a guisa di vedova tortorella, la perduta compagnia con doglioso gemito richiamava, e, fra se medesima pensando, diceva:

— Oimè! che, se fosse vivo, sarebbe tornato; che, se fosse morto, non mi avrebbe chiamata. Ma se la voce che mi chiamò fu sua, perché ora non mi risponde? Se fu delle ninfe, perché diversa da quella che mi rispondono? Oimè! che le ninfe son quelle che non lo lasciano né tornar, né rispondere! Oimè! che gli faranno qualche strazio, per esser forse entrato nel bagno; e forse che le sue bellezze son loro piaciute, forse che piace loro di vederlo notare, e per questo lo ritengono. Ma si fuggirà poi! Fúggiti, Dafni, fúggiti. Oimè! che non si curerà forse di ritornare. Ma egli ha pur lasciato il tabarro; si dovrà pur ricordar della sampogna; penserà pure che le sue capre son senza guardia —. E, pur non tornando, fra dubitar che fosse morto e creder che le si togliesse vivo, dolente e gelosa non cessava di richiamarlo.

TRADUZIONE DI ALESSANDRO VERRI DAL BRANO MANCANTE NEL TESTO GRECO DI CARO

. . . .

.

[ed ella, avvicinatasi alla fonte, le chiome e il corpo tutto vi si lavò. Avea la capellatura nera e folta e le membra abbronzate dal sole: taluno avrebbe creduto che quella brunezza fosse l'ombra delle chiome. Cloe mirava Dafni e le parca bello; ma perciocché fino allora non le era tale sembrato, stimò quel bagno cagione della bellezza. Ella pertanto lavandogli il dorso ne sentiva le carni cosí pastose, che spesso palpava di furto le proprie, sperimentando s'elle fossero piú delicate. Ma il Sole ornai sendo all'occaso, ricondussero le gregge alle lor mandre, né altro piú rimase a Cloe fuorché la brama di rivedere Dafni alla fonte. Il giorno seguente, poiché uscirono alla pastura, Dafni, siccome era uso, postosi a sedere sotto la quercia, dava fiato alla sampogna, e insieme aocchiava le sue capre le quali giacevano intente a quel suono. Cloe, assisa pressogli, guardava ben ella il suo branco di pecore, ma il piú era fisa in Dafni. Le sembrava bello di nuovo sonando la sampogna, e di nuovo ne stimava cagione quella melodia: talché, dopo lui, prese ella quello stromento, come se perciò dovesse pur bella diventare. Lo indusse quindi a lavarsi di nuovo, e il vide nel bagno, e veggendolo il palpò, e ne uscí lodandolo nuovamente, e quella lode era principio di amore. Né la semplicetta, rusticamente allevata, intendeva che fosse la sua perturbazione, perciocché non avea tampoco udito proferirsi da altri il nome di Amore. Le ingombrava però l'animo una certa angoscia, né poteva contenere gli occhi, e molto cicalava di Dafni. Non si curava di cibo, vegliava le notti, non le caleva del gregge. Ridea, píagnea, si coricava, poi rimbalzava, alternamente. Or pallida il volto, or infiammata. Né pur giovenca trafitta dall'assillo trambascerebbe cotanto. Alcuna volta in solitudine le sottentravano in mente questi pensieri: — Io sono inferma, di qual malore non so. Mi duole, né ho ferita: mi struggo, e niuna delle pecore ho guasta. Ardo, pur seggo in cotanta ombra. Quante spine talvolta mi punsero, e pure non piansi: quante api mi penetrarono col puntiglione, pure, il cibo gustai. Ma la ferita ch'or sento nel cuore è piú di tutte quelle tormentosa. Bello Dafni, ma belli anco i fiori: dolce suona la sampogna sua, ma dolci pur sono le cantilene de' rusignuoli. Tuttafiata di queste non mi cale. Oh fossi io la siringa sua, onde l'alito di lui mi s'infondesse! foss'io una capra da lui condotta alla pastura! Ahi trista fonte! Il solo Dafni rendesti bello, io mi ti immersi in darno. Care ninfe, io svengo, e voi me fanciulla da voi nutrita non salvate? Chi d'ora in poi vi offerirà corone, chi vi serberà gli agnelli sventurati? Chi piú avrà cura dello stridente grillo il quale io con molta diligenza raccolsi, affinché mi assonnasse cantacchiando presso lo speco? Ora in vece per Dafní io vegghio, mentre il grillo in vano stride —. Tali erano i suoi affetti, tali i suoi ragionamenti nello investigare la per lei sconosciuta potenza di Amore.

Ma Dorcone, quel bifolco il quale aveva tratti dalla fossa Dafni e il caprone, garzoncello di fresca lanugine, scaltro nelle opere e ne' ragionamenti di Amore, da quel dí incontanente compreso da amore per Cloe, e coll'andare del tempo vie piú l'anima accendendosegli, non curando qual fanciullo Dafni, deliberò macchinare co' doni e con la violenza. Incominciò quindi a presentargli ambidue: a lui una sampogna pastoreccia di nove canne, invece di cera, congiunte col rame: a lei una pelle di cervo da baccanti, screziata a macchie bianche. Venuto poi in dimestichezza, egli in breve trascurò Dafni e ogni dí a Cloe o molle cacio o serto florido o mature poma offeriva. Talvolta le recava o tralcio montano o una coppa dorata, o uccelletti silvestri da nido. Ella, inesperta degli amorosi artifizj, prendendo questi doni si rallegrava spezialmente, perché con essi acquistava di che presentare Dafni. Ma era tempo omai che Dafni conoscesse le opere di Amore. Avvegnaché Dorcone eccitò contro lui contesa intorno la bellezza. Cloe n'era giudice, il premio del vincitore dovea essere il baciarla. Dorcone in questa guisa incominciò: — Io, o fanciulla, sono guardiano di buoi, di capre lo è costui: e però io gli rimango superiore, quanto i buoi alle capre lo sono. Mi vedi candido come il latte, e biondo qual messe cui sovrasta il mietitore. Me la madre, non una bestia nutricò. Vedi costui picciolo, e qual femmina sbarbato, nero come lupo; pastore di becchi, ne spira il tanfo. Desso è meschino cotanto che né pure sostenta un cane. Ma se, come è fama, una capra lo allattò, egli per nulla differisce da capretti —. Questi e simiglianti pensieri espose Dorcone, a' quali Dafni rispose: — Me allevò una capra, cosí pur Giove. Pasco i miei becchi in guisa che appariranno migliori de' bovi di costui. Da me non esala sito caprigno, come né pure da Pane, benché sia la maggior parte becco. A me bastano cacio, focacce, vin bianco, nutrimenti da contadino, e non da ricco. Io sbarbato? Bacco lo è del pari. Io bruno? lo sono anco i giacinti. E pure Bacco sopravanza i satiri, ed il giacinto i gigli. Costui però è di pelo rosso come volpe, barbuto qual caprone, biancastro qual femmina urbana. Che se tu abbia talento di baciare, di me combacieresti le labbra, di costui la barba irsuta. Sovvèngati, o fanciulla, che sei nutrita nell'ovile, ma che sei bella — . Non piú si rattenne la Cloe, ma, in parte lieta per quelle lodi, in parte bramosa di ribaciare Dafni, lanciatasi lo baciò. Garzone di schietta natura, senza artifizj, era valente assai a destar fiamma nel cuore. Dorcone allora umiliato si sottrasse, meditando altra via di Amore. Dafni però, quasi morso anziché baciato, incontanente squallido in viso, abbrividava spesso, né potea calmare i palpiti del cuore. Volea pur mirare la Cloe, e mirandola tutto si copriva di subitano rossore. Allora si avvide per la prima fiata che le chiome di lei erano bionde, gli occhi splendidi e grandiosi, il volto manifestamente piú candido del latte caprino, come se in quello istante acquistasse gli occhi per l'addietro ciechi. Né di poi usava cibo se non come assaggiandolo, né bevanda, allorché sforzato vi fosse, se non quanto ne umettasse le labbra. Ecco taciturno sostui da prima garrulo piú di cicala! eccolo pigro quand'egli era snello piú delle capre! Già trascurava la greggia, avea gettata la sampogna, piú pallido in volto dell'erba estiva, per Cloe sola diveniva loquace.] .

. . . .